Rien ne va plus

Gewidmet jenen Menschen
die sich wahren Herzens
Freund und Muse sind.
Mögen sie in alle Ewigkeit »Balance« finden
den negativen Eindrücken
mit positiven Einflüssen zu begegnen!

Joluel Liesfeld

Rien ne va plus

Ein bisserl was geht immer …!

Bibliografische Information der Deutschen Bibliothek:
Die Deutsche Bibliothek verzeichnet diese Publikation in der Deutschen
Nationalbibliografie; detaillierte Daten sind im Internet über
<http://dnb.ddb.de> abrufbar.

© 2005 Joluel Liesfeld
Herstellung und Verlag: Books on Demand GmbH, Norderstedt
ISBN 3-8334-2764-7

UNTER DEM STRENGEN BLICK DES CROUPIERS zieht die angesprochene Dame ihre Hand erschrocken reagierend, ruckartig zurück, sie fühlt sich ertappt, ihr Einsatz kam eindeutig zu spät. Unruhig verfolgt sie nun das laufende Spiel, gepackt vom Augenblick klimpern Chips und Plaques zwischen nervösen Fingern. Würde sie jemals Kopf und Kragen riskieren, die Kontrolle über sich verlieren oder ihr Spielverhalten, eher gezielt, kühl kalkulierend ohne große Turbulenzen überschaubar steuern können? Gibt es einen Abgrund hinter dieser Überaktivität, angetrieben von ihrem inneren Dämon, oder offenbarte eine hemmungslose Träumerin hier gerade ihre geistige Abwesenheit? Die mir unbekannte Person richtig einzuschätzen, wage ich spontan nicht, um die Dinge wieder ins rechte Lot zu rücken –angeborenes Faible –, flüstere ich kurzerhand jenem aufmerksamen Croupier der Spielbank –, er dürfte etwa in meinem Alter sein: »Ein bisserl was geht immer«, bewusst um die liebenswert bayrische Aussprache bemüht, ins Ohr.

»Monaco Franze…! Charmanter Münchner Stenz aus der originellen Fernsehserie, erinnern Sie sich?« Amüsiert beobachte ich den Wechsel seines Mienenspiels von ungläubig bis grinsend, er hat den Witz verstanden. *»Das menschliche Gesicht als die unterhaltsamste Fläche auf Erden«* zu bezeichnen, lehrte bereits der im 18. Jahrhundert von 1742 bis 1799 lebende Physiker und Schriftsteller Georg Christoph Lichtenberg.

Aus dem Mund des leider viel zu früh verstorbenen Schauspielers Helmut Fischer schmeckte die Wahrheit nicht so bitter, brachte er seinem Publikum doch zu Lebzeiten nah, auf unverwechselbar hinreißende Art und Weise frech und humorvoll eine heikle Situation zu entspannen. Das über »allem« stehende, heiß geliebte »Spatzl« verkörperte die elegante, weltgewandte

Geschäftsfrau an seiner Seite. Beide Darsteller brillierten in der Rolle des lebendigen Paares mit dem Glanz des gewissen »Etwas«, innerhalb einer emotional offenen, aber zuverlässig vertrauensvollen Bindung. Die Form ihrer Verrücktheit zu zeigen begeisterte mich seinerzeit Woche für Woche, von Folge zu Folge mehr, zog mich magisch in den Bann der herausragenden Protagonisten. Ihr einmalig in Einklang gebrachtes Beziehungsmodell anstrebend, träumte ich von einer ähnlich unkomplizierten Partnerschaft, ohne die unendliche Notwendigkeit irgendwelcher idiotischen Liebesbeweise.

Neugierig von Tisch zu Tisch flanierend, rufe ich meinen letzten Besuch in diesem Haus ins Gedächtnis zurück!

Alles scheint wie früher! Gewählt wird aus abwechslungsreichem Angebot, im »Großen Spiel« zwischen klassischem Roulette, Black-Jack oder Poker, im »Kleinen Spiel« versteckt sich das Glück hinter verschiedenartigen Automaten, bereit den angewachsenen Jackpot zu knacken. Zwischendurch nimmt der Spieler einen Drink an der Bar oder genießt beim Klang der Roulettekugeln und Klackern der Jetons eine leckere Mahlzeit im Gourmetrestaurant. Auch Besucher, die nur in die prickelnde Atmosphäre schnuppern möchten, sind herzlich willkommen.

Nach wie vor starren männliche und weibliche Gäste, ganz im Augenblick gefangen, auf das Tableau, machen ihr Spiel gezielt eventuell mit den Zahlen der Setzfelder Manque, Passe, Impair oder übergeben dem Croupier die Jetons, der nach Anweisung die gewünschten Chancen setzt. Entschlossen fixieren sie die weiß glänzende, aus geübtem Handgelenk, entgegen dem laufenden Kessel geworfene, endlich langsamer rollende Elfenbeinkugel, notieren in Gedanken versunken eifrig per Leuchtanzeige erscheinende Zahlen, setzen sich ihre Ziele, hegen heimlich den Wunsch, hier und heute endlich die Bank zu sprengen.

Details ins Belanglose verbannend, agieren sie hochkonzentriert, verraten ihrem Gesprächspartner hinter vorgehaltener Hand gelegentlich von Erfolg gekrönte Strategien, streifen angeregt diskutierend durch den Saal, taktieren geschickt um den einmaligen Glücksfall bemüht. Genießen ein paar gesellige, heitere Stunden in gepflegtem Ambiente, freuen sich königlich, wenn ihnen Fortuna gut gewogen, und verbreiten selbst nach kleinen Gewinnen Lebensfreude pur. Sie schätzen die spannende Unterhaltung, um von den Belastungen des Alltags niveauvoll Abstand nehmen zu können, wählen diesen Ort, um sich mit lieben Freunden ein spielerisches Vergnügen zu gönnen.

Rien ne va plus, nichts geht mehr!! Monoton wiederholt der Croupier in stetem Rhythmus die magischen Worte. Das Glück beginnt Gestalt anzunehmen! Um den Tisch stehende und sitzende Spieler befinden sich sekundenlang, nach kurzem Stoßgebet, auf dem besten Weg zur Verwirklichung ihrer Träume, wache Augen verfolgen intensiv das Geschehen. Der Roulettekessel wird gedreht, die Kugel landet auf einer vom Zufall erwählten Zahl. Erleichterte Gesichtszüge verklären sich, beherrschte Mienen wirken wie versteinert, freudigen Herzen entkommt ein tiefer Seufzer, Schweißperlen treten auf die Stirn. Die Mimik lässt nun deutlich den Unterschied zwischen Freizeitvergnügen und problematischem Lebensmittelpunkt erkennen, die persönliche Story hinter der Maske, je nach Färbung oder Schattierung, ahnen.

Gewinne in routinierter Perfektion mit jonglierendem Rateau über den Tisch verteilend, bedanken sich die Angestellten freundlich für den ihnen international üblich zustehenden 35. Teil jeder Gewinnauszahlung. Aus diesem Tronc werden nach gesetzlicher Vorgabe ausschließlich die Gehälter beglichen, es handelt sich nicht, wie gelegentlich vermutet, um ein zusätzliches Trinkgeld für die Croupiers. Verlorene große und kleine Jetons wandern, unter blitzschnell geführter, an Tempo und Treffsicherheit kaum zu überbietender Hand, zurück zur Bank. Erneute Einsätze in aussichtsreiche Position gebracht, beginnt ein weiteres Spiel zwischen Hoffen und Bangen.

Rien ne va plus, nichts geht mehr: Worte, verantwortlich für zittrige Hände und erhöhten Pulsschlag, die auf ihre Weise meine momentane Situation spiegeln. Verursacht durch das gründliche Misslingen des Vorhabens, einige Schritte weiter – im kleinen Kursaal – heute Abend einen Vortrag zu halten. Das Thema: »Balance als Chance – Prävention zur Erhaltung der Gesundheit« hat, wie schon an einigen Tagen zuvor, keine interessierten Zuhörer gefunden. Mikro und Overheadprojektor schnellstens unbenutzt wieder abgebaut, Unterlagen unwirsch verstaut, schlich ich zutiefst verunsichert davon.

Außer Spesen nichts gewesen, gähnende Leere, sehnlich erwartete Schritte entfernten sich rasch. Totenstille! Heute konkurrierte ich erfolglos gegen die Spielbank um die Gunst der Gäste, gestern wetteiferte ich mit einem klassischen Konzert, am Tag zuvor widmeten sich die Erscheinenden, unter meinen neidischen Augen, einer poetischen Lesung. Dem unüberschaubar großen Angebot im Eventbereich, der bunten Vielfalt steht ein kritisch selektierendes Publikum gegenüber, das sich in allen Lebensbereichen mit zunehmend erhöhten Ausgaben konfrontiert sieht und radikal den Rotstift ansetzt.

Im Hinausgehen warf ich einen letzten, strafenden Blick auf mein wunderschönes Ankündigungsplakat. Termine, Sparmaßnahmen, Stress oder Hektik: Es versperrte, obwohl von einer namhaften Werbeagentur aufwendig und zeitgemäß gestaltet, die Sicht auf das Wesentliche, lockte nicht »einen« Neugierigen an.

Unmittelbar daneben der Aushang »Restaurant Roulette – Zahlen Sie mit Ihrem Glück«.

Dem Gast wird ein erlesenes 3-Gang-Menü serviert, berechnet wird ihm nur der ausgespielte Wert der Roulettekugel zwischen 0 und 36.

Mit ein wenig Glück ist das komplette Essen vielleicht kostenlos, kein Wunder, dass ich vor leeren Stühlen stand! Ein Dinner ist heute der Winner, das Restaurant fast voll besetzt!

Balance – Gleichklang zwischen Muße und Muss, Harmonie in allen Lebensbereichen, Inhalte des Referats – noch läuft man Gefahr, auf diese Botschaft zu verzichten –, dabei ist ein Umdenken dringend geboten. Die Seele der Menschen erkrankt in zunehmendem Maße, seelische Probleme und Störungen entwickeln sich zur Volkskrankheit, zur Geißel des 21. Jahrhunderts, gelten aber vielen immer noch eher als Schwäche denn als Krankheit. Vorrangig und sorgfältig wird auf die äußere Balance geachtet. Entsprechende Branchen verzeichnen hohe Zuwachsraten, boomen regelrecht. Trotz Konsumflaute herrscht Schönheitswahn…! Wellnessoasen in exklusiven Hotels – auch von mir gelegentlich heimgesucht – und Schönheitschirurgen in noblen Privatkliniken – möchte bisher keines meiner »Lachfältchen« missen – sind gefragt wie nie. Von Creme über Faltenunterspritzung bis zur Chirurgie, Schönheit steht für Erfolg, die Hülle ist entscheidend, der Kern bleibt meist tabu.

Die Pionierin der Schönheit, Gründerin der ersten Schönheitsfarm legte den Grundstein für ihr bemerkenswert erfolgreiches Lebenswerk hier ganz in der Nähe, verwöhnt seit fast 50 Jahren Körper – Seele – und *Geist* ihrer anspruchsvollen Gäste.

Bisher stellt sich offensichtlich kaum jemand die Frage: »Welches aufpolierte Auto fährt schon auf Dauer ohne gewarteten Motor?« Frei nach dem Motto: »Selbst hinter der schönsten Fassade bröselt früher oder später der Putz«, wird die innere Stabilität nach wie vor dem Zufall überlassen, die mentale Balance weniger berücksichtigt. Nachzuforschen, wie es um das Glätten seelischer Falten bestellt ist, erübrigt sich im Allgemeinen.

Werden Selbstwertgefühl und Identität mehr denn je durch die Optik geprägt, Schönheit zu Weltanschauung und Religion erhoben, bleiben innere Werte und Halt häufig auf der Strecke.

Aus eigener Erfahrung wuchs zunehmend mein Bewusstsein für mentale Balance. Reifte der Entschluss die Verbreitung dieses Themas mit Engagement und Ausdauer zu forcieren. Entsprechende Angebote in einschlägigen Prospekten vermissend, versuche ich in Vorträgen und Seminaren den Leitgedanken des Balancemodells:»Einen positiv eingestellten Geist, mit dem wir die unvermeidbaren Konflikte des Alltags harmonisch meistern«, als Erklärung fehlgeleiteter Bedürfnisse und wesentliches Wohlfühlelement zu propagieren. Psychosoziale Kompetenz dient als Basis für Erfolg in Beruf und Privatleben. *»Konflikte zu vermeiden kostet weniger, als sie hinterher wieder ins Lot zu bringen.«* Ausgelaugte, überarbeitete Menschen werden für den verantwortlichen Umgang mit sich selbst sensibilisiert: Eigene, kleine Schwächen zu akzeptieren, sich auf seine Stärken zu konzentrieren, schärft die Sinne, bereitet den Weg für die schönen Dinge des Alltags.

Vier organisierte Vorträge ohne Einnahmen, entstandene Miet- und Reisekosten, von Energie und Zeitaufwand ganz zu schweigen.

Bei dem Gedanken an das zusätzliche finanzielle Desaster rebelliert mein Magen.

Einen zufrieden stellenden Abschluss erwartend, war nach dem Besuch einiger Kurorte der letzte Abend meiner kleinen Vortragsreise ganz bewusst für den Tegernsee geplant. Seit frühester Kindheit bin ich in dieses traumhafte Fleckchen verliebt, fühle mich durch alles, was hier von außen kommt – die Natur, die Landschaft –, positiv stimuliert. Auf Anspannung sollen ein paar Tage Ruhe und Erholung folgen, ich möchte die herrliche Umgebung ausgiebig genießen, mit langjährigen Freunden das bevorstehende Treffen ehemaliger Hotelfachschüler gemütlich feiern.

Zwischengelandet bin ich, Elsa Eleonore, verheiratete Lees, geborene Eggers, Mitglied der deutschen Gesellschaft für positive Psychotherapie, selbstständige, diplomierte Konflikt- und Gesundheitsberaterin, ausgebildet in mentalem Balancetraining, hier in diesem anonymen Spielsaal, um, meine konfuse Situation beleuchtend, eine»ruhige Kugel« zu schieben.

Nun sucht die verwundete Seele nach einem ruhigen Eckchen,

um sich niederzulassen. Leise tretend, möglichst unauffällig, durchquere ich den Raum. Endlich, die suchenden Augen verweilen erfolgreich fündig, entdecken einen winzigen Tisch mit Blick durch eine riesige Glasfront auf den im Mondlicht liegenden See. Erleichtert nehme ich Platz, bereit zur Hingabe an eine über mich hereinbrechende Weltuntergangsstimmung, dankbar für den erwünschten Ort, um mich von den Strapazen der letzten Tage ungestört distanzieren zu können.

Unbekanntes Selbstmitleid – verhasster Gemütszustand einer armen Kreatur – grüßt aus dem hintersten Winkel meines Körpers, dem es 51 Lebensjahre unentwegt, beharrlich glückte zu wühlen, zu kämpfen, zu rackern. Innezuhalten galt als ein gefährlicher Stillstand. Besorgtheit um alles und andere war Dauerzustand, Ruhe ließ etwas Bedrohliches vermuten. Bereitwillig agierend war ich immer schneller und atemloser unterwegs. Langeweile ablehnend, rauschte das Leben, mehr als ausgefüllt mit der Anstrengung, mächtig erfolgreich zu sein, Vermögen für das Alter aufzubauen, Sicherheiten zu schaffen, wie ein Wasserfall an mir vorbei. Mein Dasein mit vielen teilend, dachte ich: Das Glück würde sich schon einstellen, wenn dieses oder jenes noch erreicht, ich das eine oder andere noch besitzen würde. Immer die Erfüllung des nächsten Wunsches im Visier rannte ich vergleichbar einem Hamster im Rad, ohne jemals richtig anzukommen.

Jeder Misserfolg kränkte das Selbstwertgefühl, brachte mich aus dem Gleichgewicht.

Leistung, Erfolg und Anerkennung entsprechen und beinhalten die Lebensphilosophie meiner Generation, sind verinnerlicht durch Erziehung, Bedingung, den eigenen Lebenszielen näher zu kommen. Sich den Herausforderungen des Alltags mutig stellend, deckten Probleme und Krisen die Einseitigkeit dieses Musters auf. Verschlissen und aufgerieben schaute ich müde auf den zurückgelegten Weg, suchte den Pfad durch das Dickicht, entschloss mich zur Kehrtwende. Schneller rennen dient weder dem Hamster noch uns Menschen als Ausweg aus diesem Dilemma. Um dem

Teufelskreis zu entkommen, zog ich Bilanz, stoppte das Eiltempo, um an Lebensqualität zu gewinnen aus berechtigtem Grund:

Mit fünfzig, reich an Erfahrungen, wusste ich sehr viel, außer: wie viel *Leben* mir noch blieb?

Ständige Konfliktsituationen zwischen Familie und im Beruf zwangen zur Reflexion. Nach stürmischen Zeiten, mir eine Pause gönnend, erkannte ich durch ein Seminar die Chance in der Balance, fand Wege zu innerer und äußerer Harmonie. Entdeckte völlig neue Fähigkeiten und Talente durch eine positive Sicht. Versuche, das erworbene Wissen mit Begeisterung weiterzuvermitteln, scheiterten bisher leider glücklos.

Gelassenheit ohne Erfolg scheint mir im Moment zwar äußerst schwierig, in dieser Situation locker zu bleiben gleicht einem Kunststück, noch fehlt ein erprobtes Rezept, ich habe ausnahmsweise keine Lösung parat. Selbst mit der überraschten Wahrnehmung von Bauchgrimmen und zittrigen Knien steht Aufgabe jedoch nicht zur Diskussion, sinniere ich trotzig, Gedanken an meine neue Berufung lösen nach wie vor schöne Emotionen und Tatendrang in mir aus. Zweifel auszuleben, Ängste zuzulassen und trotzdem weiter mutig dem Ziel entgegenzugehen, nehme ich mir beherzt vor. Tollkühne, couragierte Wege zeigen einen gewissen Reiz, Rückschläge und Fehlentscheidungen gestalten das Leben ungemein spannend, fordern, gegen sich selbst zu gewinnen.

Die verfahrene Karre kurz vor dem Abgrund doch noch aus dem Strudel zu ziehen müsste möglich sein, seufze ich schwer atmend, den Glauben an mich selbst langsam zurückgewinnend. Darauf vertrauend, dass eine Generation mit hoher Lebenserwartung die geschenkten Jahre in Qualität verbringen will und früher oder später die Neugierde für mein Thema geweckt wird. Dem Jugendkult steht eine geballte Macht von Grauhaarigen gegenüber. War das Alter noch bis vor 100 Jahren eher ein Privileg von Steinen und Bäumen, ist heute bereits jeder fünfte Bundesbürger über 65. Sportlich aktiv und lebensbejahend, übergewichtig, kränkelnd und destruktiv beschäftigen sich nur wenige Menschen mit den Schattenseiten des Alters. Lesen eher ausgiebig Anti-Aging-Artikel, beäugen besorgt entstehende Falten im Gesicht, traktieren vorbehaltlos den behäbigen Körper mit Schokolade, Nikotin und Alkohol. Energiedefizite in allen Lebensbereichen aufzuspüren, zu wissen, in eigener Regie gegensteuern zu können, eine Verbindung zwischen körperlichen Symptomen zu stetig wiederkehrenden Konflikten und Problemen herzustellen sollte dem »Verantwortungsbewussten« wichtig erscheinen. Die Erkenntnis, mit der Kraft ausgestattet zu sein, die jedem ermöglicht, mit von außen an uns herangetragenen Störungen gelassen umzugehen, wird an Bedeutung zu nehmen und somit einer solide Grundlage zur Erhaltung gewünschter Lebensqualität, statt einem unerreichbaren Phänomen dienen. Wer möchte nicht seine besten Jahre nutzen? Es gilt also, sich etwas zu gedulden, beharrlich bei der Stange zu bleiben.

EIN JUNGER MANN FRAGT NACH MEINEN WÜNSCHEN, reißt mich höflich aus zukunftsorientierten Gedanken. Eiligst beschließe ich, mich zunächst nur mit einem Aperitif zu verwöhnen, bestelle:»Campari Soda« – was sonst –! Bei meinem derzeitigen Glück würde die Kugel sicher auf der 36 landen, ich verzichte daher vernünftig auf das angebotene Menü.

Der erste Schluck entschädigt genussvoll für erlittene Qualen, ein Zug an der Zigarette, langsam weicht die Spannung aus meinem Körper.

Die Hälfte des stilvollen Glases in kleinen, wohlschmeckenden Schlucken entleert, fühle ich mich deutlich wohler. Unbeachtet, von dummen, neugierigen Fragen verschont, bin ich trotzdem mitten im Geschehen. Mache es mir im Sessel bequem und beobachte in gepflegter Garderobe schmatzende Genießer an den Nachbartischen.

Hinter der nun genau in meinem Blickfeld liegenden, hell erleuchteten Bar, durfte ich vor vielen Jahren aushilfsweise mein Hausdamengehalt aufbessern. Zwei oder sogar drei verschiedene Jobs ließen sich in den fetten 70ern problemlos angeln. Hinter jeder Ecke lauerte ein Angebot, für den Fleißigen gab es genügend zu tun. Die Arbeitsämter blieben leer, Tageszeitungen überboten sich mit Stelleninseraten für»Jedermann«. Beschäftigte, von deutschen Unternehmen händeringend gesucht, nahmen heftig umworben steigende Löhne und sinkende Arbeitszeiten gerne in Kauf, die Wirtschaft auf Wachstumskurs war zu allerhand Zugeständnissen bereit.

Ein bisschen Luxus stand mir gut zu Gesicht! In Kindheit und Jugend einiges verpasst, Nachholbedarf erkennend, lautete die Devise: Wünsche und Sehnsüchte? Worauf warten, Bedürfnisse wurden nicht mehr dem Zufall überlassen, sondern sofort in die Tat umgesetzt.

Hunger auf Leben, Lust auf Abenteuer trieben mich pünktlich zu meinem 18. Geburtstag aus dem Elternhaus. Mutter und Vater verstanden die Welt nicht mehr, das einzige Kind verließ mit wehenden Fahnen das vermeintlich gemütliche Nest.

Versäumt, sich und ihre Erziehung in Frage zu stellen, überzeugt von unzureichend erworbenen Fähigkeiten, vergaßen sie durchaus angebrachte Selbstkritik. Eigene Erfahrungen in der Ehe lehrten mich, ihnen viele Jahre später gerne zu verzeihen, Verständnis für ihre Situation entgegenzubringen. Niemand ist unfehlbar, sie handelten aus eigenem Empfinden in bester Absicht.

Ein perfekt organisierter Haushalt mit gesichertem Einkommen, das musste genügen. Die Leichtigkeit des Seins, Weitblick und eine positive Sicht der Dinge fanden nicht statt.

Unvorhergesehener Nachwuchs stellte sich als zunächst unpassende Überraschung eines jungen, lebenshungrigen Paares auf der Suche nach Zuwendung ein. Hinter ihnen lagen entbehrungsreiche Kriegsjahre, gerade entdeckten sie einen Silberstreifen am Horizont, erwachten aus ihrem Alptraum zu neuer Lebendigkeit! Eine Schwangerschaft kam denkbar ungünstig, aber eine Alternative gab es nicht.

Neun Monate später begrüßte das frischgebackene Ehepaar den entzückenden, neuen Erdenbürger, wie aus alten Fotos zu erkennen ist, jedoch liebevoll und herzlich. Die unerfahrenen Eltern gaben stolz, ihren Möglichkeiten entsprechend, das *Beste*.

Das neugierige, pummelige, kleine Mädchen erlebte eine hoch motivierte Hausfrau, leider unzufriedene Mutter und Ehefrau, die sich gerne in kuriose Krankheiten flüchtete. Ihren Gemütsschwankungen von himmelhoch jauzend bis zu Tode betrübt war ich schutzlos ausgeliefert, denn Vater nutzte die Gunst der Stunde im Job, Schaffenskraft und Leistung waren ihm wichtig. Er trug ein hohes Maß an Verantwortung, schien hie und da überfordert.

Nicht selten herrschte eine spannungsgeladene Atmosphäre.

Das schüchterne Kind, eifrig bemüht, nicht zusätzlich für Unmut zu sorgen, zeigte braves Verhalten, entwickelte sich zur übersensiblen Persönlichkeit. Streit war an der Tagesordnung. Selten zeigten sich die Erwachsenen ihrer Vorbildfunktion gerecht, auf Sprachlosigkeit folgten Vorhaltungen, verunsichert, was der nächste Moment bringen würde, entstanden Schuldgefühle. Eine erdrückende Erwartungshaltung des unausgeglichenen Paares lastete auf meinen Schultern, raubte mehr und mehr Selbstvertrauen, öffnete das Tor zur eigenen Traumwelt.

Die sinnlose elterliche Autorität diente weniger der Entwicklung meines Charakters, sondern eher der eigenen Bequemlichkeit, Ruhe und Kontrolle, unangemessene Strenge weniger meinem kindlichen Wohl. Außer Stande sich in den anderen hineinzuversetzen, delegierten die tief melancholischen Figuren eigene Ängste, unsinnige Befürchtungen weiter. Statt angenommen fühlte ich mich abgelehnt, Sicherheit und eine gehörige Portion innerer Ruhe fehlten gänzlich.

Undefinierbare Ansprüche, vorwurfsvolle Mienen begleiteten auch meine Schulzeit. Anfängliche Erfolge glitten in Mittelmäßigkeit ab, die wichtige, bildende Erziehung erlebte ich weitgehend blockiert und ohne Ermutigung.

Den Versuch, es allen recht zu machen, startete ich, mit mehr oder weniger Erfolg, täglich neu. Der zarten Pflanze, regelmäßig gegossen und gedüngt, fehlten die Triebe. Ebenso blieben erwünschte Blüten aus. In stummer Ratlosigkeit lagen Entfaltung und Potential lange brach.

Der kleinen Familie mangelte es an den »Glücklichmachern« des Alltags: Lockerheit, Geselligkeit, Großmut und Spaß. Um Wohlstand und Ansehen, Vermeidung von Fehlern bemüht, machten sich die Eltern das Leben unnötig schwer, vergaßen, eine wichtige Basis von Bestätigung und Eigenliebe anzulegen, brachten mich um die Erfahrung, Fähigkeit zu Freude und Glück zu erwerben.

Ungeheuer erleichtert verließ ich mit bestandener Prüfung die Realschule, absolvierte danach eine Ausbildung im Hotelfach.

Möglichst schnell Geld verdienen, um unabhängig zu leben, erklärte ich zu meiner persönlichen Priorität, entwickelte brauchbare, nützliche Strategien, um das Elternhaus in naher Zukunft verlassen zu können.

Lange Jahre richtete ich mich nach den Wünschen meiner Umwelt, traf Entscheidungen in ihrem Sinn, in Erwartung von Zuwendung und Liebe. Emotionen blieben trotzdem unter Verschluss, Manipulation war schließlich auch für mich zu erkennen. Mit der Gewissheit, selbst den Schlüssel für mein Glück in den eigenen Händen zu halten, mich nicht mehr von Meinungen anderer Menschen oder von Strömungen, die gerade »en vogue« sind, beeinflussen zu lassen, den Grund für die Sehnsucht nach Konsum und Anerkennung begreifend, begann ich mein Leben endlich zu genießen.

Das fleißige Familienoberhaupt verwöhnte seine kleine Familie ganz dem Zeitgeist der 60er Jahre entsprechend, versuchte rührend eine nörgelnde, depressive Ehefrau bei Laune zu halten, die mit dem normalen »Auf und Ab« der Seele als Grundzug eines bunten Lebens nicht umgehen konnte.

Während der Ferien reisten wir gemeinsam im VW Käfer nach Österreich oder Italien. Genossen grandiose Ausblicke nach anstrengender Wanderung, bummelten staunend über italienische Märkte.

Bei Kaiserschmarrn und Pizza entdeckte ich die schönen Seiten des Daseins, ließ die Eltern ihre Neurosen genüsslich weiterpflegen. Geschickt verbarg jeder Wünsche und Interessen, glaubte, der Partner müsse diese erahnen, Enttäuschung und Missmut waren das Resultat, wertvolle Zeit verstrich somit chancenlos, ungenutzt. Selbst in traumhafter Umgebung schwangen die Eltern ihre wortreichen Reden über eigenes Engagement und unzureichende Beachtung, schleuderten sich willkürlich Gemeinheiten entgegen, produzierten bewusst, meine Anwesenheit ignorierend, schlechte Stimmung, suchten ihre Reibungspunkte statt die Existenz ihrer Liebe.

Um mangelndes Selbstbewusstsein auszugleichen, kleidete und frisierte ich mich betont modisch. Mit übertriebener Höflichkeit und Zurückhaltung werbend, wuchs ich zu einem niedlichen Teenager heran, registrierte, meist errötend, verlegen bewundernde Blicke.

Einige Sommer- und Winterurlaube verbrachten wir am oberbayrischen Tegernsee, einer außerordentlich beliebten Ferienregion.

Das glückliche Tal, die Bilderbuchlandschaft, herausgeputzte Häuser mit Lüftlmalereien, Holzbalkone mit üppigen Geranien wirkten auf mich wie ein Wunderwerk an Perfektion in Verbindung zwischen Natur und Mensch. Der gemütlichen, überschaubaren Atmosphäre und sichtbaren Traditionen galt meine Liebe.

Die Geborgenheit gewachsenen Brauchtums spürend, erlebte ich Aufbruchstimmung, faszinierende Veränderungen im Zeichen der Zeit. Begegnete in malerischer Umgebung freundlichen, naturverbundenen Bewohnern, fröhlichen Urlaubern, so genannten Promis, Kunst und Kultur.

Zwischen Urvertrauen und purer Lebensfreude fieberte ich erwartungsfroh der ersten Liebe entgegen, die sich zwischen Sommerfrischlerin und Heimat verbundenem Sohn der Berge wildromantisch anbahnte.

Mit der Bäuerin unseres langjährigen Feriendomizils und Mutter meines heimlichen Ferienflirts verbindet mich bis heute eine innige, tiefe Freundschaft. Ein Ratsch in der gemütlichen Bauernstube am Kamin bei Schmalznudeln und Kaffee über Gott und die Welt, Damals und Heute, Freud und Leid gehört während jeder meiner Stippvisiten als gerne gepflegtes Ritual regelmäßig dazu.

Auf einer Luftmatratze liegend, von den sanften Wellen des Sees geschaukelt, verzaubert vom Anblick manövrierender Segelboote und erster Surfbrettversuche meiner Altersgenossen, beschloss ich als Schülerin in Ferienlaune, an diesem Ort mein weiteres

Leben zu verbringen. Hier vermutete ich ersehnte Harmonie und wohlige Wärme! Sprang voller Tatendrang und Übermut hinein in heitere, gelungene Tage, rund und bunt, lebte unbewusst endlich im Gleichklang mit mir selbst. Von einer beflügelten Seele getragen, unsichtbaren, unwiderstehlichen Kräften angezogen, verfolgte ich hartnäckig diesen Traum.

Weder in Aussicht gestellte Veränderungen meines näheren Umfelds, noch verlockende Übernahmeangebote nach der Ausbildung konnten mich von meinem Vorhaben abbringen. Kein Argument stimmte mich um. Mit 18 Jahren als seinerzeit erster Jahrgang volljährig ins Leben entlassen, brach ich von meiner Heimatstadt auf in Richtung Süden.

Ausgestattet mit tausend guten Ratschlägen, traurigen Blicken, hilflosen Gesten trat ich die lang geplante Reise an. Ein bedeutsamer Tag, die Luft roch nach rosiger Zukunft.

Die Bürde der glücklosen Vermittlerin abgestreift, fühlte ich mich endlich von einer schweren Last befreit.

DIE GUT SORTIERTE GETRÄNKEKARTE hat zwar allerhand zu bieten, aber ich entscheide mich erneut für den magenfreundlichen, italienischen Bitter. Pur auf Eis, oder mit Soda als Longdrink, mit Sekt oder Orangensaft aufgefüllt, in jeder Variante ziehe ich meinen Campari gerne anderen Getränken vor, auch der Anteil von nur 25 % Alkohol kommt mir sehr entgegen.

Sollte ich mich doch noch zu einem Einsatz am Spieltisch entschließen, wäre ein klarer Kopf sicher von Vorteil, führte hier eher zu erwünschtem Erfolg.

Hellwachen und kühlen Verstand zu bewahren – eine Frage des Images – fordern, ständig zu handeln, anzupacken, Initiative zu ergreifen. Um Projekte voranzutreiben, Aufträge auszuführen, bleiben Gefühle allzu oft auf der Strecke! Für die Zukunft lebend, wird an der Gegenwart nicht mehr aktiv teilgenommen.

Über Jahrzehnte hinweg fehlte mir – wie so manchem Weggefährten – die Balance zwischen Leistung und Sinn, Körper und Seele. Verstand und Gefühle arbeiten gegeneinander, bilden eine innere Blockade statt des erwarteten gut funktionierenden, stabilen Systems.

Früher war meine erste Reaktion immer: »Ich werde mich darum kümmern«, oder gar: »Ich werde mich um Dich kümmern.« Böse Erfahrungen und das Wissen um die vorhandene, nicht abgerufene Eigenverantwortung einer Person haben gelehrt, das Helfersyndrom abzulegen. Inzwischen ist mir ein dickeres Fell gewachsen, ich agiere weniger vertrauensselig. Dieses verlustbringende Verhalten zwingt mich allerdings mehr denn je, mich auf mich selbst zu verlassen. Einsame Kämpfe, der Umgang mit dem Gefühl des Allein- und Ohne-Hilfe-Seins fertig werden zu müssen, vermittelten jedoch auch ungeahnte Stärke, setzten einen Prozess der Reife in Gang.

Durch eigene Motive bewegt, suche ich immer wieder langfristige Ziele auf neuem Terrain, verbunden mit dem Wunsch nach Unabhängig- und Eigenständigkeit.

Mittlerweile bestimme ich selbst, wer oder was mich kränkt, genieße das Gefühl einer autonomen Persönlichkeit, die Zeit für sich selbst einplant, Verabredungen mit Freunden einhält, täglich ein vernünftiges Arbeitspensum bewältigt und Phantasien für die Zukunft entwickelt. Elsa hat gelernt, ihre Energie möglichst gleichmäßig auf alle Lebensbereiche zu verteilen, um in Balance Beruf und Familie ausgeglichener zu begegnen.

Gerne erinnere ich mich an den hübschen, aufgeregten Teenager der neugierig seinen ersten Arbeitsplatz, der Ringbergklinik Dr. Issels, am Tegernsee antrat:

Den Empfangsbereich betreuend, begrüßte und informierte ich Patienten und Besucher, bediente die Telefonanlage, vermittelte den ersten Eindruck des Hauses. Der Einstieg ins neue Berufsleben begann fantastisch, befand sich der Klinikbetrieb doch gerade in seiner Hochphase erfreute sich zunehmend reger Nachfrage.

Ausdauernd und korrekt arbeitend, gelegentlich einen Tick zu ehrgeizig und verbissen, buhlte ich täglich mit Kollegen um Anerkennung und Lob, strebte ein gutes Verhältnis zur Klinikleitung an. Krankenschwestern, Pfleger und Ärzte, die gesamte Belegschaft setzte sich aus einem bunt gewürfelten Völkchen sämtlicher Ecken Deutschlands zusammen, bildete eine verschworene Gemeinschaft.

Der weltweit bekannte Chefarzt behandelte in- und ausländische Patienten, ließ durch sein Wirken und den Ruf der Klinik internationales Flair am Tegernsee entstehen. Wann immer es angebracht schien berichtete ich voller Stolz und ausgiebig von der abwechslungsreichen, interessanten Tätigkeit des umstrittenen Krankenhauses.

Die Schattenseiten zeigten sich in durch Krebskrankheiten verursachtem, unendlichem Leid, menschlichen Tragödien. Anrufe bei einem Bestattungsinstitut gehörten fast täglich zum Dienst.

Einerseits erlebte ich eine tolle Feier zum 20jährigen Klinikjubiläum, andererseits hörte ich von Anfeindungen durch Medizinerkollegen, welche die Bahnbrechenden Therapiemethoden meines Arbeitgebers in Frage stellten, der sich rührend um bereits aufgegebene Patienten kümmerte, vielen als letzte Hoffnung im Kampf gegen heimtückische Krebstumore blieb.

Dass es weit weg von zu Hause, trotz der idyllischen Umgebung nicht nur Sonne, sondern auch Regen gab, Strahlen oder Tropfen lediglich auf einen anderen Boden und Menschen fielen, galt es zu begreifen.

Versuchte tapfer mit den Unannehmlichkeiten des Alltags in einer Krebsklinik umzugehen, ahnte das Glück des Gesunden, beobachtete den zermürbenden, scheinbar aussichtslosen Kampf der spät rehabilitierten Koryphäe, wenn auf dem hauseigenen Hubschrauberlandeplatz ein Hilfe suchendes Häufchen, menschliches Bündel Elend wie z.b. Bob Marley gelandet war.

Den verwaisten Eltern schilderte ich bei ihren Besuchen mein neues Leben, leicht übertrieben in leuchtenden Farben. Verletzt, in die zweite Reihe gedrängt lauschten sie den begeisterten Berichten von ausschließlich netten Kollegen, liebenswürdigen Patienten, unterhaltsamen Seefesten und Discobesuchen sowie verlässlichen Freunden um mich herum.

Das verkrampfte Duo suchte vergeblich nach einem Dialog mit mir. Insgeheim Mutters ausgesprochen gute Hausfrauentalente und Vaters wohlgemeinte Fürsorge vermissend, verlor ich, ihnen gegenüber, hierzu kein Wort. Spielte die zufriedene, glückliche Tochter, der endlich zur Verfügung steht, was man zum Leben braucht.

Auf diese Weise gelang es, sie bewusst aus meinem Leben fern zu halten, die Botschaft kam unmissverständlich an. Meist reisten sie gekränkt wieder ab. Anschließend begab ich mich trotzig auf die Suche nach Heiterkeit und Abwechslung, die in ihrer Nähe einfach nicht entstehen wollten. Ihre Anwesenheit kostete viel

Energie, raubte mir regelmäßig das Gefühl der Freiheit, selbst über meine Tage bestimmen zu können.

Gelegenheit zum Amüsement bot sich ja ausreichend. Gemeinsam mit meinen Freundinnen eroberte ich das Tegernseer Tal der 70er Jahre. Ausgestattet mit dem nötigen Kleingeld und totaler Unabhängigkeit, als privilegierte Jugend dieser Zeit, genossen wir die unendlichen Möglichkeiten. Die Welt stand uns in jeder Hinsicht offen.

Im Gewölbe des täglich brechend vollen Bräustüberls der einst hier ansässigen Benediktinermönche starteten wir, nach ausgiebig diskutierten Biertischphilosophien, unsere Tour. Das »Herzoglich Bayerische Brauhaus Tegernsee« zählt zu den renommiertesten Brauereien Bayerns, ist magischer Anziehungspunkt für Besucher aus aller Welt. Stippvisiten in überfüllten, angesagten Discotheken und Clubs schlossen sich in Folge an. Das junge Publikum bestand zum großen Teil aus einer Mischung von Einheimischen, Schülern der Hotelfachschule und Feriengästen. Der lustige Haufen feierte, tanzte und flirtete ausgelassen, irgendwo war immer was los!

Die einmalig schöne Landschaft, glasklares Seewasser und schneebedeckte Pisten rundeten das Angebot der Jahreszeit entsprechend auch in sportlicher Richtung ab, wer sich auf diesem Fleckchen Erde langweilte, beging eine Todsünde.

Mein ganzer Stolz, ein ockergelber Mini Cooper brachte mich, oft samt wertvoller Fracht an jedes erwünschte Ziel.

Das männliche Geschlecht längere Zeit vorsichtig auf Distanz haltend – engere Bindungen schränken die Freiheit ein –, wich ich ängstlich vor Nähe zurück. Eigene Bedürfnisse schienen mir mit einer Partnerschaft nicht vereinbar. Die gespannte Beziehung der Eltern warf ihre Schatten, denn Leben wird auch nach dem Gedächtnis beurteilt.

Mangelndes Durchsetzungsvermögen schwächte weiterhin das Selbstbewusstsein, dem Einzelkind fehlten Übung und Training in der Auseinandersetzung mit seiner Umwelt.

AUF DEM WEG ZUR TOILETTE erkundige ich mich bei einem entgegenkommenden Pagen nach dem ehemaligen Barchef. Nach wie vor betreibe er mit Erfolg ein paar Straßen weiter eine beliebte Cocktaillounge, die zweite Ehe sei bereits wieder geschieden, wird mir kurz berichtet. Gespannt lausche ich den informativen Worten in urbayrischem Dialekt. Für mich ein Ohrenschmaus, die Aussprache weckt heimelige Gefühle, könnte andächtig dem jungen Mann stundenlang zuhören.

Den etwa zwölf Jahre älteren Bernd lernte ich während meiner Aushilfstätigkeit hier im Casino kennen. Nach erfolgreichem Besuch der Hotelfachschule Bad Wiessee blieb der »Kölsche Jung« im Tal hängen, übte mit Lust und Laune seinen Beruf in diesem Hause aus, obwohl hier weniger sein perfektes Handwerk denn Anteilnahme und Zuwendung am Leben der Gäste gefragt waren. Der charmante, liebenswürdige Barmann öffnete für jedermann sein Ohr, zeigte Verständnis und entwickelte sich ganz nebenbei zu meinem hartnäckigsten Verehrer.

Eher selbst verliebt, total überrascht, genoss ich seine Avancen, stolperte naiv in das Leben eines erfahrenen, lebenstüchtigen Mannes, bewunderte seine unglaubliche Menschenkenntnis, die charismatische Art, den umwerfenden Humor.

Nach Dienstschluss tauchten wir verliebt in das vielseitig rege Nachtleben des Tals ein. Feierten in einer beliebten Bar nicht selten bis zum Morgengrauen, trafen dort die gesellige Spätschicht! Mitarbeiter der Hotels, Gastronomie und der Spielbank funktionierten mit vereinten Kräften eine lange Nacht zum kurzen Tag um. Unter ihnen schwebte ich selig bei Discofox und Twist in seinen Armen auf Wolke »Sieben«, bewegte mich, unendlich glücklich und stolz auf meine Eroberung, mit gutem Griff den Sternen entgegen.

Gemeinsam mit leichtsinnigem Jungwild und forschen Jagdgehilfen auf der Pirsch zogen wir um die Häuser, raubten uns gegenseitig sehnsüchtig den Verstand, verzichteten freiwillig auf erholsamen Schlaf. Heiter und leicht im Umgangston, den kostbaren Besitz behütend, genossen wir das ausgelassene, lockere Leben, schürten das unter die Haut gehende Spiel zwischen Feuer und Eis.

Der weibliche Sinn fürs Praktische veranlasste mich hin und wieder, mit mehr oder weniger Erfolg, in Bernds Küche Mutters Kochrezepte auszuprobieren, mich angestrengt in seinem Junggesellenhaushalt zu betätigen. Wollte in der ungeübten, klassisch weiblichen Rolle meinen Beitrag zur Freundschaft leisten, mich auf diese Art positiv in die Beziehung einbringen – Liebe geht bekanntlich durch den Magen.

Die auf meinen »freiwilligen« Einsatz folgenden, machohaften, selbstherrlichen Kommentare erinnerten dann oft an die gereizte Stimmung zu Hause bei Tisch, wenn Mutter ein Gericht mal ausnahmsweise nicht gelungen war. Um zu imponieren, entwickelte ich eine ganze Weile den Anspruch, eine ordentliche, brauchbare Hausfrau zu werden. Stellte nach kurzer Zeit verärgert fest, dass gut gebügelte Hemden, frisch geputzte Schuhe selbstverständlich angenommen, gelegentliche Missgeschicke hingegen heftiger Kritik ausgesetzt waren. Wieder vermisste ich, mir menschlicher Schwächen durchaus bewusst, aufmunternde, ermutigende Sätze wie: »Du bist okay, auch wenn du einen Fehler machst«! Weigerte mich, für angebliche Unzulänglichkeiten mit »Liebesentzug« bestraft zu werden.

Unsere Welten prallten aufeinander! Ein Wort gab das andere, anstatt sachlich zu diskutieren, stritten wir rasch überzogen emotional, beladen mit unangemessenen Vorwürfen zog sich jeder mehr und mehr zurück. Auseinandersetzungen fürchtend wie eh und je, fehlten nach bekanntem Schema Taten und Gespräche zur Klärung der Situation. Rien ne va plus – nichts ging mehr...! Wutentbrannt, aber stumm ging ich Bernd aus dem Weg, ließ mich am Telefon verleugnen, verweigerte ein Wiedersehen, schnell begegneten wir uns enttäuscht.

Nach tagtäglich zugefügten Verletzungen blieb nur noch die Wahl zur Trennung übrig. Weder Abwägstrategien noch Scheinargumente konnten Kopf und Bauch zum Schweigen bringen, der Körper riet zu Abstand und Distanz. Halbherzige und faule Kompromisse hasste ich zu sehr. Mich wieder mehr meinen Freundinnen zuwendend, nahm ich teils bedrückt, teils nachdenklich alte Gewohnheiten auf. Beendete stolz, mit hocherhobenem Haupt, halb lachend, halb weinend eine viel versprechende Beziehung.

Wir Damen, insgeheim erinnert an den harten Kampf unserer Mütter über lange Etappen ihres Lebens, endlich oder nie dynamisch als Frau aktiv werden zu können, unterstützten uns gegenseitig in der Meinung, dass wohl alles seinen Preis habe, aber genau den zu zahlen zeigten wir uns ungern bereit, stellten ureigene Spielregeln auf. Wollten nicht in»Habachtstellung«, sondern anerkannt mit Stärken und Schwächen geliebt werden, fühlten uns als Putzfrau oder Magd missbraucht. Dachten weder an Emanzipation noch an Selbstverwirklichung, kritisierten jedoch erbarmungslos jene männlichen Geschöpfe, die blindlings schlechten häuslichen Vorbildern nacheiferten. Während wir Mädels als Erwachsene Korrekturen am vorgelebten Beziehungsmodell für nötig hielten, machten es sich die Herren mit alten, überholten Konzepten bequem.

Es schien unendlich schwierig, die Träume, Wünsche, Ansichten, Meinungen des anderen zu respektieren und gleichzeitig den eigenen treu zu bleiben. Jedes allzu lange Hinausschieben wider besseres Wissen und Gefühl bedeutete verschwendete Energie und wichtige Lebenszeit.

Entsprechend dem Motto des österreichischen Dramatikers Edmund von Horváth (1901-1938): »*Wenn kein Charakter mehr geduldet wird, sondern nur der Gehorsam, geht die Wahrheit, und die Lüge kommt*«, den vielfältigen, sich bietenden Möglichkeiten, traten wir die Flucht nach vorne an. Die Suche nach dem Traumprinz wurde noch etwas verschoben. Alle begriffen die Chance der Krise. Meine Freundin Rita bestand die Meisterprüfung und eröffnete einen eigenen Friseursalon in Bad Tölz. Brigitte wechselte, mit den Seitensprüngen ihres Gatten in kurzer Ehe konfrontiert, als Buchhalterin in eine angesehene Anwaltskanzlei nach München.

Ein weiteres, abenteuerliches Kapitel in unserem Leben konnte beginnen.

Während Bernd weiterhin sein männliches Ego pflegte, hin und wieder, jedoch ohne Einsicht Besserung gelobte, um der gerade frisch verklebten Schüssel einen weiteren Sprung zuzufügen, ergab sich auch eine passende Lösung für mich.

Die Bewerbung als Stewardess bei einem Kreuzfahrtenveranstalter entwickelte sich gut. Schnell brach ich meine Zelte am Tegernsee ab, verließ den heißen Boden mit Zahnbürste, Erinnerungsfotos und Gewissensbissen im Gepäck.

AUSGESPROCHEN LANGE UND NEUGIERIG betrachte ich während des Händewaschens mein Gesicht im Spiegel über dem Waschbecken. Im gedämpften Licht der Toilette sind Blässe und Augenringe nicht zu übersehen. Etwas Rouge und Lippenstift sorgen optisch für rasche Wirkung, aber hinter der Fassade lauert deutlich ein mulmiges, lähmendes Gefühl.

Mein Gedächtnis sucht vergebens nach einer vergleichbaren Situation, einer möglichen Lösung.

Auf das für morgen geplante Wiedersehen mit meinen alten Weggefährtinnen freue ich mich jedoch riesig, scheint wie ein Licht am Ende des Tunnels.

In ihrer Gesellschaft bin ich mit dem Missgeschick der vergangenen Tage sicher am besten aufgehoben.

Kann mich an Zuwendung und Anteilnahme ohne Vorwürfe vielleicht wieder aufrichten.

Darf mich fallen lassen ohne Sorge vor Hohn und Spott, befürchte weder Rivalität noch Konkurrenz.

Erfahrungen haben uns gelehrt, den Blick auf das Wesentliche zu richten, vom Leben verordnete Lektionen sind verinnerlicht. Unsere Freundschaft verläuft seit vielen Jahren geschützt, bedeutet eine Geheimwaffe bei drohender Gefahr.

Gespräche über Ehemänner, Kinder und den wiederholten Angriff gegen üppige Rundungen auf weiblichen Hüften ließ unsere Wahlverwandtschaft immer nur am Rande zu. Neue Tätigkeiten, persönliche Weiterentwicklung, genaues Porträt der Figuren dienten gewöhnlich als brauchbare Themen, um bei einigen Flaschen italienischem Rotwein bis zum Morgengrauen, in weniger seichten Gewässern, zu diskutieren. Dem eingespielten Team fällt womöglich eine Antwort auf die Frage nach meiner derzeitigen Erfolglosigkeit ein. Durch gründliche Prüfung aller Möglichkeiten und Risiken ließe sich, so hoffe ich, womöglich ein positiver Impuls finden.

Trotz alarmierender Nachrichten über nicht bezahlbare Kosten im Gesundheitswesen ist es nicht gelungen, für meine Vorträge im präventiven Bereich ausreichend Publikum zu gewinnen. Ohne Zweifel gehört die Zukunft jedoch der präventiven Medizin, wird das Wissenschaftsthema der nächsten Jahre sich mit dem Erhalt der Gesundheit – Salutogenese – beschäftigen. Während die Vergangenheit eher die Frage nach dem Entstehen von Krankheiten – Phatogenese – dominierte. Nur wenn Körper – Seele – und *Geist* in Harmonie sind, zumindest immer wieder durch Selbstverantwortlichkeit des Einzelnen für einen Ausgleich gesorgt wird, stimmt es mit der ganzheitlichen Gesundheit. Motivierte Besucher mit einer speziellen Themenauswahl auf die Förderung ihrer Leistungsfähigkeit aufmerksam zu machen, neue Impulse, kultivierte Anreize zu vermitteln sind mir wichtig. Um zu Erfolg und Geld zu kommen, ruinieren viele Menschen in der ersten Lebenshälfte ihre Gesundheit und geben dieses Geld in der zweiten Hälfte wieder aus, um gesund zu werden. Mein Vortrag – eine gute Investition in die Zukunft –, bietet reichlich Information und Beratungskompetenz. Schwerwiegende Symptome oder chronische Erkrankungen könnten mit einem verständlichen Modell der Selbsthilfe vermieden werden, lassen sich in jedem Alltag ein- und umsetzen.

Zuversichtlich begebe ich mich an den Tisch zurück.

Die Silhouette des Mondes auf den Wellen im See unterstützt ein sanft entstehendes, beruhigend behagliches Gefühl in mir. Die abendliche Beobachtungsstunde auf meinem Logenplatz erlaubt einen unvergleichbaren Blick auf eine der schönsten Landschaften Oberbayerns. Verträumt liegt der See vor meinen Augen, umrahmt von wogenden Schilfgürteln, natürlichen Sand- und Kiesstränden, birgt er so manches Geheimnis in seinen Tiefen. Enten und Wasservögel haben sich in einen Unterschlupf zurückgezogen, um ihr verdientes Schläfchen zu halten. Leichte Nebel beschwören ein fast mystisches Szenario mit typischem Herbst-charakter herauf.

Die vertraute Umgebung im Auge behaltend, fallen mir tatsächlich weitere schöne Begebenheiten meines bisherigen Lebens ein. Rekonstruiere ich in Gedanken die bis dato nie gekannte Euphorie während der ersten Ankunft im Hafen von Ancona, einen zentnerschweren, kaum mehr verschließbaren Koffer über den Einstieg auf ein italienisches Kreuzfahrtschiff der Reederei Costa – Genova hievend. Die erlebnisreichen Bilder befördern eine einzigartige, besondere Phase meines Lebens, verbunden mit dem Aufbruch zu neuen Ufern, an die Oberfläche.

Mitte der 70er Jahre galt eine Schiffsreise als besonderes Highlight selbst für Reisende in gut situierter, finanziell abgesicherter Position! Außer den überraschten Eltern, die ihren »positiven« Einfluss auf mich immer weiter schwinden sahen, begründete Entfremdung fürchteten, beneidete mich fast mein gesamter Bekanntenkreis um den außergewöhnlichen Job auf den Meeren der Welt.

Deutsche, österreichische und schweizerische Gäste benötigten während ihrer Fahrten im endlosen Blau, zwischen Schönem und Sehenswertem durch das Mittelmeer auf der Nordlandroute, von Skandinavien bis nach Russland, und vielen anderen Gewässern Betreuung und Begleitung durch sprachgewandte, seetaugliche Stewards bzw. Stewardessen.

Die anspruchsvolle Klientel erwartete Höflichkeit und Verantwortung, ich bewegte mich am richtigen Ort. Auch meine zweite Flucht schien von Erfolg gekrönt, im Schoß einer neuen, multikulturellen Großfamilie blühte ich regelrecht auf, gewann an Sicherheit.

Zeit, um traurigen Erinnerungen nachzuhängen, blieb nicht. Sekunden, Minuten und Stunden zerrannen randvoll ausgefüllt mit Diensten jeder Art.

Vom Frühstücksbuffet bis zum Mitternachtssnack, Präsenz zu jeder kulinarischen Mahlzeit, Vorbereitungen innerhalb der Animationscrew, Unterhaltung der Gäste mit sportlichen Ambitionen, Begleitung zu Landausflügen hielten uns ständig auf Trab. Die Vielseitigkeit des Tagesprogramms verhalf zu neuer Lebendigkeit, stündlich positiv inspiriert, liefen alle zu Topform auf.

Jede Reise bot eine Vielzahl an unvergesslichen Eindrücken, reichlich Gelegenheit, nach Herzenslust und Laune die Schokoladenseite des Lebens zu entdecken. Auf lieb gewonnenen Routen beschnupperten wir am Festland historische Hafenstädte, antike Ruinen und pulsierende Metropolen mit klangvollen Namen. Streiften traumhafte Küsten, badeten an Puderzuckerstränden, erkundeten mit unternehmungslustigen Gästen Perlen und Juwelen der Natur.

Es galt, in vollen Zügen zu genießen! Ein faszinierendes Angebot stimulierte die Sinne, animierte, unser Dasein täglich anders zu erfahren, ich schätzte mein Paradies, die genussvolle Begegnung mit der Welt.

Die Zusammenarbeit mit fleißigen Kolleginnen und Kollegen, auf dem Weg ihre berufliche Karriere zu forcieren, spornte tagtäglich zu Bestleistungen an. Wir bemühten uns, mit charmantem Service zu verwöhnen, den Gästen einen individuell, perfekt auf ihre Wünsche abgestimmten Aufenthalt zu ermöglichen, verbuchten hoch motiviert jede Menge Erfolg. Trinkgelder flossen reichlich, das Bankkonto wuchs.

Ausgiebiges Nightlife in Disco und Club garantierte erotisches Vergnügen. Trotz spärlicher Beleuchtung schoss Amor treffsicher seine Pfeile ab, traf romantische Menschen in zwangloser Urlaubslaune. Dolce Vita fand, mancherlei Bedürfnisse befriedigend, in einladender, mediterraner Atmosphäre statt.

Italienische Besatzung traf auf deutsche Crew! Das hochexplosive Gemisch versprach Spannung und Nervenkitzel zuhauf. Wer mit wem? Wann und wo? Der Gesprächsstoff nach einer stimmungsvollen Nacht ging niemals aus. Ernst zu nehmende Konkurrenz lauerte überall!

Größtenteils wetteiferte die weibliche Besatzung mit den üblichen Tricks um die Gunst der schmucken Offiziere. Die Damen überboten sich an Phantasie und Ideenreichtum, um ihre Schönheit zu zelebrieren.

Heißblütige Typen in gut sitzender Uniform, sich ihrer Wirkung auf das andere Geschlecht durchaus bewusst, brachten rivalisierende Wesen geschickt und schmeichelhaft auf Touren, warben gekonnt mit vollem Programm in verschiedene Richtungen, verfehlten selten ihr Ziel.

Leidenschaft pur, gebrochene Herzen, sehnsüchtige Blicke, Verliebte zogen sich berauscht in kleine Kabinen oder unter sternenklarem Himmel auf Deck zurück, agierten verschwiegen hinter den Kulissen.

Mich abgesichert in den stilleren Winkeln tummelnd, hielt ich für die gerade »Unglücklichen« gerne ein Trostpflaster parat.

Selten blieb das Glück einer Verbindung hold, registrierte ich ernüchternd. Mir schien: nichts wirklich zu verpassen, beobachtete beide Geschlechter während erheblicher Mühen, das eigene Ego befriedigt zu wissen. Frisch aufpoliert wandte man sich schnellstens von der eroberten Person ab, um abends erneut auf Jagd zu gehen. Mit netten Komplimenten ausreichend versorgt, widmete ich mich einem weniger verletzenden Hobby, blieb mir weiter hoffnungsvoll treu.

Bezaubernde Umwelt, schöne Klänge, exotische Farben und Gerüche, irgendwann verpuffte die Faszination, ich folgte der inneren Aufforderung, unverzüglich eine andere Richtung einzuschlagen. Am Ende aufregender Tage und heißer Nächte an Bord wünschte ich mir festen Boden unter den Füßen und ein eigenes Reich.

Ferne Traumziele, Meer, Horizont und sanfte Brise verloren sichtlich ihren Reiz, auch hier gab es sonnige und schattige Plätzchen, höchste Zeit, erneut den Kurs zu ändern.

Nach einigen tausend Seemeilen und einem letzten sehnsüchtigen Blick ging ich an Land. In Genua endete nach 2 Jahren eine erlebnisreiche Romanze! Freundschaften fürs Leben blieben!

PRICKELNDE VORFREUDE, ERWARTUNGSVOLLE SPANNUNG und einzigartige Perspektiven versüßten mir den schweren Abschied, erleichterten den Neustart in ein eher bürgerlich solides Leben. Anlässlich der Geburtstagsfeier einer Kollegin, ehemalige Hotelfachschülerin, lernte ich den damaligen Verwalter der Hotelfachschule Tegernsee kennen. Dieser vermittelte spontan ein Vorstellungsgespräch mit seinem Chef, und 3 Monate später versuchte ich als Hausdame dieser Schule, einer neuen Herausforderung gerecht zu werden.

Erneut traf ich eine freundlich, familiär verbundene Berufssituation an, war umgeben von jungen Menschen aus aller Herren Länder, bewegte mich auf internationalem Parkett. Herzlich aufgenommen, sofort eingebunden, konnte ich lange vernachlässigten Freuden und Interessen begeistert wieder nachgehen.

Zwei Häuser – Schulen in Tegernsee und Bad Wiessee –, persönlich geführt von einem geschäftstüchtigen älteren Ehepaar, standen Ende der 70er, Anfang der 80er Jahre in voller Blüte. Von Belegschaft und Schülern nur »Mama« und »Papa« genannt, verliehen die engagierten, tatkräftigen Senioren, seinerzeit wichtige Steuerzahler und Sponsoren im Tal, ihrem erfolgreichen Unternehmen über viele Jahre hinweg eine besonders menschliche Note.

Ironie des Schicksals: Die leidvolle Erfahrung, zwei Söhne verlieren zu müssen, ließ nicht nur eine große familiäre Lücke entstehen, auch die Nachfolge konnte durch diese Tragödie nicht im Sinne der Schulgründer geregelt werden. »Mamas« Tod veranlasste schließlich »Papa« zum Verkauf des gemeinsamen Lebenswerkes. Ohne die beiden »Alten« fehlte der Schule die Seele, hatte doch ihre unverwechselbare Art insgesamt 38000 Absolventen zu Ausbildung, Stimmung und Gefühl fürs »Leben« verholfen.

Der Immobilienhai verspekulierte sich allerdings mit seinem

Bauvorhaben, das Anwesen wurde versteigert und ist seither ungepflegt dem Verfall preisgegeben, ein Schandfleck in einzigartiger Lage zwischen Tegernsee und Rottach-Egern.

Die Aussicht, dass auf diesem zauberhaft gelegenen Grundstück nach zehnjährigem Leerstand nun ein Lebensmittel-Discountmarkt entstehen soll, schlägt mir, trotz kühnster Fantasien über diese Absicht, regelmäßig auf den Magen. Das Leben einer ganzen Region steht und fällt mit einer solchen Entscheidung, die so existenziell und schwerwiegend ist wie nie zuvor.

Leider entnehme ich als treue Abonnentin der Tegernseer Zeitung einigen Artikeln, dass es sich bei diesem Beschluss keineswegs um einen Aprilscherz handelt.

Mir fehlen die Worte, und der entsprechende Lottogewinn, mit dem sich das Schlimmste verhindern ließe, man den Profis auf der Suche nach verschollenen Reichtümern, den beflügelten Glücksrittern in ihrer Gier auf immense Gewinne das kostbare Tafelsilber einer unglücklichen Dynastie wieder entreißen könnte. Ein weiteres Zeugnis zerstörerischer Kraft, eines für zukünftige Generationen planenden Geistes wird wohl über einen langen Zeitraum die Gemüter, leider vergebens, erhitzen. Während mangelnde Investitionsbereitschaft finanzkräftiger Unternehmen so manchem Stadtrat schlaflose Nächte bereitet versuchten die Ortsvorsitzenden des Verbandes der Selbständigen in Bayern, Tegernseer Tal DGV mit einer Resolution die Ansiedlung des überflüssigen Discounters zu verhindern. Mit Erfolg gesammelte Unterschriften „aufmüpfiger" Bürger über eine Abstimmung zur Zulassung eines Bürgerentscheides, führten kürzlich zur Ablehnung der geplanten Bebauung. Den ehemaligen Hotelfachschülern samt ihrem Präsidenten bleibt die Hoffnung auf einen Investor zum Bau einer neuen Hotelfachschule um wieder junge, auf das Leben hungrige Menschen mit dem glücklichen Tal um die Wette funkeln zu lassen.

Hungergefühle melden sich energisch, ich beschließe, mich von den Künsten der Küche etwas verführen zu lassen! Der nette

Kellner serviert recht flott einen kleinen, raffinierten asiatischen Snack. Eine leichte kulinarische Versuchung, dazu erhalte ich ein frisch gezapftes Bier! Äußerst zufrieden lasse ich mir die köstlichen scheinbar mit Liebe zubereiteten Gaumenfreuden schmecken. Obwohl von manchem Gast recht seltsam beäugt, empfinde ich meinen vor einigen Stunden eingenommenen Platz mittlerweile fast als anheimelnden Ort, an den die Vergangenheit lebendig zurückgekehrt. Während neugierige Blicke mich streifen, enteilen die Gedanken fröhlich auf dem Pfad in die Erinnerung. Sie bietet immer Schutz und Trost, wenn Gegenwart und Zukunft wenig erfreulich erscheinen, ist ein Paradies, aus dem niemand vertrieben werden kann. Ein Farbtupfer im Winterkleid entsteht vor meinem geistigen Auge. Während die Zecher in der Umgebung mit Reichtum und der Vermehrung ihres Vermögens beschäftigt sind, trete ich kauend den Weg zu zurückliegendem Höhenflug an.

NICHT MEHR GEWILLT, ein Personalzimmer zu bewohnen, mietete ich ein nahe gelegenes schickes Appartement, richtete ein gemütliches Zuhause ein. Fühlte mich in privater Atmosphäre gleich rundherum wohl. Gewohnt einsatzbereit und voller Elan stürzte ich mich in die neue, vielseitige Tätigkeit. Einweisung zur Pflege der Zimmer auf den Etagen des Internats, Betreuung der Schüler in sämtlichen Bereichen vor Ort, Informationsgespräche mit Besuchern, um nur einige meiner Aufgaben zu nennen, ließen erkennen, welche ungeahnten Talente noch in meinem verborgenen Innern schlummerten.

Wieder entschädigten Leistung und Erfolg im Beruf für nur in der Fantasie gelebte Gefühle, mangelndes Glück in der Zweisamkeit klebte an meinen Fersen, zog sich wie ein roter Faden durch mein Leben.

Schleichend verlor ich Stück für Stück, mich von anderen Zeitgenossen im Singleleben wenig unterscheidend, die Möglichkeit zum Ausgleich durch das natürliche Netz der Familie. In der Freizeit stellten sich des Öfteren Kopfschmerzen, verspannter Nacken, Beschwerden der Galle und Schlaflosigkeit ein.

Gutes Einkommen, gepflegter Lebensstil erlaubten einen Platz auf dem ersten Rang, hin und wieder gähnte noble Langeweile, eine Errungenschaft der fortschreitenden Jahre, die stets vor Publikum zelebriert wurde.

Mit Freunden und Kollegen traf man sich in der Freizeit bei Kaffee und Kuchen vor traumhafter Kulisse im Garten eines Traditionscafés. Reservierte einen Tisch im Sternerestaurant, ließ sich den gerade in Mode gekommenen Irish Coffee in legendären Clubs kredenzen, schlürfte, unterhalten von namhaften Live Bands Champagnercocktail im sündteuren Nightclub.

Täglich öffnete sich der Vorhang für eine neue Vorstellung, sehen und gesehen werden, die Akteure boten sich eine mitreißende Show.

Hüttenabend oder Segeltörn, gelungene Stimmung, gute Laune entstand überall. Ein freundliches Servus, Bussi hier, Bussi dort, wer gehörte nicht gerne dazu, kicherte über die verrücktesten Typen, zeigte Herz statt Verstand.

In fröhlicher Begleitung einen herrlichen Sommerabend einläutend, fand dann irgendwann die längst überfällige Begegnung mit »zwei bunten Luftballons« kurz vor dem »Platzen« statt. Im passenden Moment stellte mir Bernd seine Ehefrau vor, präsentierte sie stolz wie eine Trophäe.

Wir gratulierten wohlwollend zynisch, ohne Rücksicht auf das ahnungslose Püppchen, zu ausdauerndem Schwimmen im gleichen Fahrwasser, erkundigten uns gespielt, besorgt, ob er den Strapazen seines anstrengenden Lebens gesundheitlich auch in Zukunft weiter gewachsen sei? Beruhigt stellte ich nach eingehender Durchleuchtung der Lage fest, dass sich ohne zu lästern über Geschmack streiten lässt und ich seinen Anspruch auf eine gewisse »Komfort-Zone« niemals hätte bedienen mögen. Bestätige mir, um Tonnen erleichtert, die goldrichtige Entscheidung zu meinem übereilten zwei Jahre zurückliegenden Abgang als einzig mögliche Lösung. Aus dem verkrampften Gespräch war das Muster des Dominierens und der Unterwerfung zu entnehmen. Gefangen im eigenen Egotrip, fehlte ihnen gegenseitige Wertschätzung und Respekt. Sie definierte sich über seinen Status und damit verbundene Sicherheit, er besaß und genoss nach Belieben. Eine Konstellation ohne Ausübung von »Nehmen« und »Geben« ließ Liebe mit Besitzen verwechseln.

Die zu erwartende Scheidung hat ihn einen großen Teil seiner hart erarbeiteten Ersparnisse gekostet, aus Schaden wurde er jedoch nicht klug. Die zweite Frau an seiner Seite wählte er nach dem gleichen Schema, auch ihr fehlte die eigene Identität.

Der Leitwolf, mal Rambo, mal Gutmensch, befindet sich jedoch in reichlich unterschiedlicher, exzellenter Gesellschaft. Ob

Biedermann oder Prominent, Mann wählt nicht selten, über bedeutsame Themen und lange Zeit hinweg, häufig nach spezieller Qualität, hält niedrig, anstatt zu stützen.

Individualität und eigener Lebensstil wirken fremd und bedrohlich, statt verbindend, schlagkräftig und geheimnisvoll. Notfalls ergibt sich immer ein Grund zum Seitensprung, man wehrt sich gegen ein kameradschaftliches Miteinander auf Augenhöhe, verantwortungsvoll und behutsam alle Bereiche des Lebens zuteilen.

Magere auf üppige Zeiten folgend, schaffen gezwungenermaßen vielleicht zukünftig wieder engere Bindungen.

Ob Karrierefrau oder Heimchen am Herd, der Virus infiziert in jeder Sekunde, man sucht gezielt in der Partnerschaft den eigenen Vorteil, benutzt, wägt ab, tauscht gegebenenfalls aus.

Zurück bleiben verwundete Seelen, nicht selten gebrochene, verängstigte Kinderherzen, hin- und hergerissen zwischen zerstrittenen, rachsüchtigen Eltern, ohne liebevolle Zuwendung durch Oma und Opa.

Geld und Konsum ersetzen familiären Zusammenhalt und gewachsene Gefühle, gegenseitiges, lebensnotwendiges Vertrauen.

Das lebenslang biologisch angelegte Bindungssystem wird zu oft unterbrochen, in Alltag und Gefahrensituationen fehlen dem Nachwuchs dadurch menschliche Beziehungen und kreative Impulse, kompetente Unterstützung ist Mangelware.

Vorbei die Zeiten, als der einmal ausgewählte Partner in allen Lebenslagen erhalten blieb, Tradition, Familie, Rollenbilder, gesellschaftliche Vorgaben für ein rundherum gelungenes, wenn auch zeitweise schwieriges Leben standen.

Das soziale Netz bröckelt, jeder ist auf sich allein gestellt. Wir bedienen uns aus einem bunten Warenkorb, wechseln Partner und Branche ganz nach Belieben, schätzen das ungebundene Dasein auf hohem Niveau, ergeben uns gerne dem äußeren Reiz, liegen permanent auf der Lauer nach dem ultimativen Kick.

Von verlockenden Angeboten umgeben, hin und wieder genascht, mit unterschiedlichsten Erfahrungen konfrontiert, bezog ich mein Selbstwertgefühl in erster Linie weiterhin aus eigener Leistung, hielt fest an meinem ureigenen Kern. Konvention und Moral wiesen mehr denn je meinen Weg. Gelegentlich gelang es mir, mit dem Wunsch nach andauernder Freundschaft Kontakte zu knüpfen, von Selbstzweifeln geplagt, glaubte ich nach diversen Treffen schnell die wahren Absichten zu durchschauen und beendete die Beziehung. Das Immunsystem produzierte anschließend massenhaft abwehrende Killerzellen und Antikörper, die Seele begab sich ängstlich in Isolation, erschöpft kapselte ich mich ab.

Satt und bedächtig falte ich die Serviette zusammen, nippe an meinem inzwischen fad schmeckenden Pils. Der leere Teller wird abgeräumt, ich bitte den für mein leibliches Wohl zuständigen Kellner um einen Espresso. Nebst hervorragender Küche, exzellentem Service ist plötzlich lautstarke Unterhaltung in diesen Räumen geboten. Die Atmosphäre, ungekünstelt authentisch, lässt schrille Töne eines gegeneinander angetretenen Paares auf die Bühne, großer Live-Auftritt, Fortsetzung folgt..., persönliche Querelen gestalten das Programm!

Bis ans Ende aller Tage launig, witzig und geistreich, den Partner mit Humor erschlagend, Sketche und Klamauk fein dosiert, so stelle ich mir das Erfolgskonzept für eine gelungene Ehe vor. Die Wahrheit liegt total daneben: Komisch ist es nur noch selten! Überangebot und schnellste Ersatzmöglichkeit haben die Qualität schon längst zur Strecke gebracht. Rasch werden Grenzen aufgezeigt, schmerzhafte Erfahrungen umgebucht in tadellose Arbeit. Merkwürdige Unterstützung, die süchtige »Helden« der weiblichen Hauptrolle zugedacht, bedeuten für mich ein abschreckendes Beispiel für gebilligtes, despotisches Gehabe. Männer, verstrickt in die süße Droge Macht, angepasste, verherrlichende Frauen. Bedingungslos loyal: entwickelte sich schon oft in der

Geschichte ein solches Gespann hochexplosiv, dramatisch. Verständnislos frage ich mich nach den Beweggründen, denn der Zweck heiligt nicht alle Mittel, eigennütziges Handeln wird selten belohnt. Saftige, reife Früchte wachsen ausschließlich am gesunden, gehegten und gepflegten Baum:»Nur selbstständige Weiblichkeit und nur sanfte Männlichkeit ist schön!«

Bei doppeltem Espresso den Aufbruch der Streitenden verfolgend, philosophiere ich weiter über eine Welt, in der sozialer Vergleich, gängiges Abwerten, unerbittliche Konkurrenz fatale Folgen haben, das nötige Gleichgewicht stören, Entwicklungen lähmen.

An die Stelle von Ängsten, unlösbaren Problemen und endlosen Krisen sollten Mut und Zugewandtheit treten dürfen, Menschen sich mit ihren Ecken, Kanten und Schwächen selbst akzeptieren können.

Durch zuverlässige, vertrauensvolle Beziehungen, offene Kommunikation fänden wir eher Zugang zu Ressourcen und Ideen, schöpften schneller neue Hoffnung.

Die Frage nach der Umsetzung meiner, auch in geselliger Runde gelegentlich zur Diskussion gestellten, meist belächelten »Hirngespinste« blieb, wie schon so oft, auch heute Abend wieder unbeantwortet.

Ein sahniges Schokoladenstückchen schmilzt langsam in meinem Mund, versüßt die Gedanken an die eigene, momentane Erfolgskrise. Nach Kassensturz beschließe ich, fünfzig Euro zum Versuch des Ausgleiches meines persönlichen Versagens zu investieren.

Zwar in den letzten Tagen um einige Illusionen ärmer geworden, gelange ich doch zu der beruhigenden Einsicht, dass Glück und Pech nie allein von eigenen Fähigkeiten abhingen, Umstände und Einfluss geltend machende Personen, die mich auf meinem Weg begleiteten, trugen erheblich dazu bei.

Misserfolg beruhte nie ausschließlich auf eigenen Handlungen, heute weise ich die Schuld am Scheitern nicht mehr nur mir alleine zu.

Nach Begleichung der Rechnung, dankend für die freundliche Bedienung, schlendere ich lautlos auf abgetretenem Teppichboden durch die veralteten Räumlichkeiten der Spielbank Bad Wiessee.

JEDES CASINO, SEIT JEHER RAUM FÜR GESELLIGKEIT und Lebensfreude, entstanden in der Antike, besucht von begüterten Zeitgenossen, erbaut in Kur- und Badeorten, umgibt meiner Meinung nach eine grundehrliche Aura! Hier bestimmen faire Regeln das Geschehen. Besonders zu Zeiten eines kapitalistischen Systems in seiner Blüte einerseits und eines einmaligen ökonomischen Einbruchs andererseits, einer Gesellschaft, die auf eine Zeit ohne Erfolg nicht vorbereitet ist, sucht hier jeder seine ihm zustehende Gnadengabe.

Größtenteils an die Wahrnehmung anderer gekoppelt, zeigt man öffentlich den Willen zum Sieg, den Anspruch auf individuelle Freiheit, in finanziell abgesicherter Situation.

Wem ein seltener Gewinn vergönnt, der fühlt sich zweifellos beflügelt, innere Zufriedenheit wird sofort erhöht. Eine kurz anhaltende Beruhigung der Nerven tritt ein, entspannter Triumph stabilisiert den Wunsch nach mehr. Nach entstandenem Verlust persönlich an der Ehre gepackt, werden gnadenlos die Augen geöffnet. Tragik und vermeintliche Chance, diese Errungenschaften jeder Spielbank behalten ewige Gültigkeit.

Wohl dem, der auch innerhalb dieser Wände mit hoher Disziplin und festem Charakter sein Glück versucht. Das Blatt kann sich blitzschnell wieder wenden, kleine und große Dramen am grünen Tisch machen das Unsichtbare sichtbar!

Früheres Residenzverbot verhinderte eigene Spieleinsätze hier vor Ort. Mit Freunden wagte ich gelegentlich ein Spielchen in den schnell erreichbaren Städtchen Garmisch oder Seefeld.

Mit vorgegebenem Limit beschränkten wir uns nach Gewinn und Verlust auf das vergnügliche, heitere Treiben jenseits der Suche nach Geld, feierten auch ohne reiche Beute.

Mit gesetzten, eigenen Geburtsdaten regnete es manchmal die

eine oder andere Mark. Heute will ich es mit der Kraft der »Sechsundzwanzig« versuchen, dem Geburtstag meines mittlerweile neunzehnjährigen Sohnes.

Nach bestandenem Abitur, kurz vor der Einberufung zur Bundeswehr, wollte er sein Taschengeld gerne aufbessern, ihm gefiel die Idee, mich bei meinen geplanten Vorträgen zu unterstützen. Tapfer versuchte er in den vergangenen Tagen mit mir Krisenmanagement zu betreiben. Gemeinsam grübelten, analysierten und argumentierten wir. Heute Abend klinkte er sich frühzeitig aus, entschied, einen alten Freund aus Kindertagen ins Kino zu begleiten.

Mutter, verheddert im Dickicht wirkte unheimlich, befremdlich, gewöhnlich gelang, was sie anpackte, er benötigte dringend etwas Abstand. Ein paar vergnügliche Stunden sind ihm von Herzen vergönnt.

Seinem »Vater«, und meinem endlich nahenden »Happyend«, begegnete ich an einem glutheißen Sommertag kurz vor Beginn der sehnlich erwarteten Semesterferien. Den angerosteten Golf mit verbeultem Kennzeichen unterhalb meines Bürofensters geparkt, nahm ich den Ankommenden neugierig, seltsam berührt frühzeitig wahr. Ein sympathischer, junger Mann betrat über die elegante Freitreppe das helle, sonnendurchflutete Foyer, bat am Empfang um Anmeldeunterlagen und Information. Bewundernd streifte sein Blick durch hohe Fenster die einmalige Postkartensicht auf Egerer Bucht und die Rottacher Seestraße nebst berühmter Kirche, registrierte erfreut die atemberaubende Umgebung, das verzaubernde Glitzern des tiefgrünen Sees vor seinen Augen. All das umrahmt von einer traumhaften Bergkulisse, dem typisch bayrischen, weiß blauen Himmel, der Beginn eines kitschigen Heimatfilms ließ grüßen.

Sportlich gebräunt, in gut sitzendem Kostüm trat ich ihm mit zitternden Knien entgegen. Streckte eine eiskalte Hand zur Begrüßung aus, hauchte aufgeregt ein paar einladende Worte. Die Begegnung der Hände, ein fester Druck, ich suchte meine Verlegenheit unbedingt zu verbergen, spürte mich von außergewöhnlichen Gefühlen mit Haut und Haaren erwischt.

Gemeinsam drehten wir die übliche informative Runde. Besichtigten auf dem Rundgang durchs Haus verschiedene in Hochbetrieb arbeitende Küchen, den lebhaften Speisesaal, prallvolle Unterrichtsräume und das angrenzende Internat.

Das erprobte Konzept, vielfältiges, abwechslungsreiches Angebot, ausgezeichneter, internationaler Ruf, garantierten der Schule seinerzeit volle Belegung. Für das kommende Semester bereits ausgebucht, erteilten wir Absagen oder verwiesen auf einen späteren Eintritt.

Generationen von dynamischen, erfolgreichen Gastronomen und Hoteliers genossen im Lauf der Jahre in einmalig exklusiver Umgebung eine erstklassige Ausbildung, lebten hier gerne als Schüler, kehrten in zweijährigem Rhythmus begeistert zu den Ehemaligentreffen an den wichtigen Ort ihres Lebens, den meist schönsten Teil ihrer Biografie zurück.

Nach einem angeregten Gespräch in der Halle entschied sich der wissbegierige Besucher kurz entschlossen zur Anmeldung und einem Platz auf der Warteliste.

Das ausgefüllte Formular triumphierend in meinen Händen haltend, erfuhr ich überrascht, dass mein Gast im Auftrag eines Freundes handelte, er selbst in München Innenarchitektur studierte.

Wir verabschiedeten uns herzlich, mit der Hoffnung auf ein baldiges Wiedersehen, wenn auch mit unterschiedlichen Vorstellungen, tapfer versuchte ich mir meine Enttäuschung nicht anmerken zu lassen, sah sichtlich bewegt dem abfahrenden Auto lange nach, überzeugt davon, gerade dem Mann meines Lebens begegnet zu sein.

Mein neugieriger Kollege konnte sich mit viel sagendem Grinsen eine ironische Bemerkung nicht verkneifen!

Zwischen den Zeilen der mir überlassenen Unterlagen galt zu entschlüsseln, dass der Schüler in spe, Mitte zwanzig, seinen ihm bestimmten Platz im Leben noch nicht richtig gefunden hatte. Kommunikativer, geistvoller Typ aus bestem Hause, suchte nach gescheitertem Engagement an der Uni in verschiedenen Fächern seine Berufung im Hotel- und Gaststättenbereich.

Normalerweise stimmten mich ähnliche Lebensläufe eher nachdenklich, um desorientierte, wankelmütige Typen schlug die Schulleitung gewöhnlich einen großen Bogen, aber in diesem Fall galten andere Regeln.

Die Anmeldung, versehen mit dem ersten Platz auf der Warteliste, wanderte in den entsprechenden Ordner. Diesen übergab ich nun zu treuen Händen unserer langjährigen Sekretärin. Das Schicksal nahm seinen Lauf.

Mit Ferienbeginn reiste ich traditionell für ein paar Tage zu meinen Eltern.

Alljährlich statteten wir uns im Urlaub, zu Feiertagen und familiären Festen gegenseitig Besuche ab, pflegten über diese Rituale kultivierten Kontakt.

Kurzfristig genoss ich mein altes Zuhause, die Eltern meine Gastfreundschaft. Besorgt um ihr Wohlergehen, bemühte ich mich, mit Geselligkeit, guter Unterhaltung, Gaumen- und Sinnesfreuden zu punkten. Bei schlechtem Wetter bot meine Wohnung viel Platz und Bequemlichkeit, Bergsteigen, schwimmen, Entspannung in ursprünglicher Natur standen bei Sonnenschein auf dem Programm.

Mit meinem modernen, für sie unverständlichen Lebenskonzept arrangierten sie sich leidlich, nutzten jedoch jede Gelegenheit, ihr Missfallen auszudrücken. Eine Frau in meinem Alter ohne Familie passte schlecht in ihr eigenes Weltbild, heftige Auseinandersetzungen verkürzten gelegentlich die geplante Aufenthaltsdauer. Anschließend, stets um Versöhnung bemüht, wehte der Wind für kurze Zeit aus angenehmerer Richtung. Themen um Familie und Kinder verhießen meist Ärger, sie konnten und wollten mein Bedürfnis nach Selbstbestimmung und Freiheit nicht verstehen.

Frisch aufgebrühter Kaffee und hausgemachte Erdbeertorte krönten den mir so vertrauten, heimischen Tisch, als ein erneuter Umstimmungsversuch begonnen wurde und zur Verblüffung meiner alten Herrschaften erstaunlicherweise auf fruchtbaren Boden fiel.

Freiheit erschien plötzlich riskant, moderne Eigenverantwortung barg Gefahren. Die berüchtigte biologische Uhr tickte an jenem denkwürdigen Nachmittag entsetzlich laut. Ihnen beipflichtend, dass auch in meinem Umfeld einiger goldiger Nachwuchs geboren war, sich ein ausgeliehenes Baby in meinen Armen gut anfühlte und sie in der Rolle der Großeltern sicher eine gute Figur machen würden, spielten die Hormone verrückt.

Hin- und hergerissen zwischen Verstand und Gefühl, sprang ich mit 31 Jahren, zu einem Richtungswechsel wild entschlossen, auf den fahrenden Zug in der Hoffnung, im Fall eines Falles unvorhersehbaren Schwierigkeiten mit positiven Impulsen einer festen Beziehung gerecht werden zu können. Aufgrund meines fortgeschrittenen Alters und reichlich gesammelter, leider nicht vererbbarer Lebenserfahrung, schien ich ausreichend für ein Familienleben gerüstet zu sein. Die Welt sollte klar und übersichtlich werden, der Glanz meines bisherigen Singledaseins verlor zunehmend an Kraft, ich setzte entschieden auf Familie und Sicherheit, die gewachsenen Strukturen der Gesellschaft.

Wollte meine *Energie nicht länger zur Unterdrückung, sondern zur Erfüllung meiner Wünsche nutzen!*

Fortunas Gunst herausfordernd, gönne ich mir mit in verschiedenen Werten an der Kasse erworbenen Jetons die Freude am Spiel, befinde mich in den frühen Morgenstunden des neuen Tages in reger Gesellschaft. Dunkel erinnert an die Chancen im klassischen Roulette, starte ich mein Spiel, setze Plein, Cheval, Carré oder Dutzend. Der achtfache Gewinn meines Einsatzes im Carré, dem Spiel mit vier verbundenen Zahlen, verhilft überraschend zu längerem Atem, doch nach wenigen Einsätzen, die Sterne standen offenbar ungünstig, ist das vorgegebene Limit endgültig verbraucht. Mir meiner Verpflichtung zu einem verantwortungsvollen Umgang mit dem Glücksspiel bewusst, nicht gewillt, den letzten Cent zu verprassen, erhebe ich mich desillusioniert vom Tisch. Ein anderer Spieler besetzt sofort den frei werdenden Platz, hofft kurz vor Torschluss noch auf seinen seit langem ausstehenden Gewinn.

Der ungläubige, schwere Augenlider anhebend, getrübte Blick auf das Zifferblatt meiner Uhr mahnt zum Aufbruch, versteifte Glieder benötigen dringend ein warmes Bett. Durch das geschlossene Restaurant entlang der Bar eilend, gelange ich weit nach Mitternacht über die große Treppe ins Foyer, öffne, von der müden Garderobiere freundlich verabschiedet, die quietschende Glastüre und trete ins Freie. Vier Stunden verbrachte ich in bester Gesellschaft mit mir. Eine gedanklich Revue passierende Rückblende meines Lebens, seltene Augenblicke, wichtige Momente, positive und negative Aspekte begleiteten mich rasend schnell auf einem tiefen Spaziergang in die Vergangenheit, ließen mich bei mir selbst ankommen. Der Aufenthalt in diesem Haus, die Aura der Hoffnung spürend, gestaltete sich erfrischend wieder belebend, nahm eine glückliche Wendung. Was lag näher, als die Gespenster der Angst mit der Spannung des Spielgeschehens zu vertreiben?

Gekrönte Häupter, Musiker und Literaten erkannten frühzeitig die gelungene Symbiose zwischen Heilquellen und kurzweiligem Vergnügen zur Pflege der Gesundheit. Bewusst vergaben Könige und Fürsten die Konzession zur Betreibung einer Spielbank in aufstrebende, später weltbekannte Kurstädte. Derzeit entsteht in traumhafter Hanglage oberhalb von Bad Wiessee nach heftigen Diskussionen zwischen Befürwortern und Kritikern ein lange geplanter, luxuriöser, mit allen Raffinessen der modernen Technik ausgestatteter Neubau des Casinos. Gut geschultes Personal und modernste Architektur visieren eine Führungsposition unter den bayrischen Spielbanken an, stehen sich in ausgefallenem Designerstil zum Wettbewerb mit der Konkurrenz gegenüber. Das gerade verlassene Haus wird nach 35 Jahren geschlossen, eine Ära geht demnächst zu Ende. Ich erlebte vermutlich zum letzten Mal den Geruch, die Geräusche, die Stimmung dieser mir so bekannten Räume, verbunden mit einem bestimmten Körpergefühl und der nach wie vor lebendigen Erinnerung an eine verhinderte große Liebe.

Die Vermutung, meine Identität zu ihren Gunsten aufgeben zu müssen, falsche Schritte in Erwägung zu ziehen, ist genau wie damals wieder präsent. Mir wird bewusst, trotz langer Suche und großem Angebot deshalb nicht den passenden Partner für mich herausgepickt zu haben. Eine lähmende und enttäuschende Beziehung rückte an ihre Stelle, blockierte nach wie vor, verhinderte Entfaltung und Lebensglück. Getreu dem Vorbild der Eltern saß ich seit zwanzig Jahren in der Falle, wie in der Kindheit zerrissen und aufgerieben zwischen Hoffnung, Mitleid und Verantwortung für meine Familie, ohne Unterstützung und Fürsprache zu erfahren.

IRREN IST MENSCHLICH! Tief sauge ich die frische Nachtluft ein, meine Augen fixieren gespannt den funkelnden Sternenhimmel. Seit Tagen ist ein prachtvoller Sternschnuppenregen angesagt, der klare Nachthimmel spielt mit, verspricht ein einmaliges, seltenes Erlebnis.

Trockenes Herbstlaub raschelt zu meinen Füßen, während ich flott den um diese Stunde menschenleeren Weg zum nahe liegenden See marschiere. Schlaftrunken betrete ich den hölzernen Bootssteg, blicke zum gegenüberliegenden beleuchteten Ufer, erkenne viele markante Punkte. Stolz erhebt sich das schmucke, imposante Schlosshotel über dem Tegernsee. Ein kultiviertes, kulinarisches Kleinod am Berg, Traditionshaus mit beeindruckendem Erfolgsrezept.

Plötzlich rauscht eine Feuerkugel nach der anderen mit enormer Geschwindigkeit am rabenschwarzen Firmament entlang. Vor meinen zunächst entzückten Augen präsentiert sich ein unglaublich schönes, berauschendes Naturschauspiel. Auf seiner Bahn um die Sonne hinterlässt ein unbekannter Komet eine Spur von Staub und kleinen Teilchen. Die Partikel verglühen als Sternschnuppen in der Atmosphäre, entzünden ein Feuerwerk sprühender, glitzernder, leuchtender Fünkchen kostenlos und ganz für mich allein, ergriffen ringe ich vergebens um Fassung.

Der nächtliche Traum bewegt mein aufgewühltes Gemüt, unerbittliche Wahrheiten stoßen auf verdrängten Selbstbetrug, Tränen verschleiern den Blick, während unzählige kleine, hell strahlende Himmelskörper leicht und fröhlich durch die wolkenlose Nacht jagen. Das bezaubernde Spiel der Leoniden gleicht einem wilden, atemberaubenden Tanz, die schmale Sichel des abnehmenden Mondes vollendet den grandiosen, spektakulären Anblick des Sternschnuppenschauers.

In der Eile komme ich mit dem Formulieren meiner Wünsche kaum mehr nach.

Ein letzter, flammend golden leuchtender Meteor entströmt einem Sternbild, säumt den Weg zurück zum Parkplatz, entfaltet seine ganze Pracht auf der Himmelsbühne. Wirre Gedanken und verloren geglaubte Gefühle suchen verzweifelt nach einem Wunsch, der sich nun erfüllen könnte!!

»Entscheidungen zu treffen, Stärke und Eigenständigkeit zu leben, ohne andere Menschen verletzen zu müssen«, wie es in Hermann Hesses Kunst des Müßiggangs geschrieben steht, wünsche ich mir.

»Liebe um meiner selbst willen, gradlinig ohne gefordertes Verbiegen, Zuneigung ohne Umerziehung und Respektlosigkeit. Gut gemeinte Ratschläge, die tatsächlich an meine Adresse gerichtet und durchführbar sind.«

Mit der Hoffnung, meine Bitten mögen im Universum gut angekommen sein, und einer baldigen Stellungnahme der überirdischen Mächte steige ich Zähne klappernd ins Auto, schnäuze eine tropfende Nase ins Papiertaschentuch.

In wenigen Minuten erreiche ich das Ferienhaus meiner geliebten Schwiegereltern, ein gemütlicher, sicherer Ort für Rückzug und Auszeit. Hier öffneten sich Türen, bahnten sich ferne Lösungen an. Rien ne va plus – nichts geht mehr...! So manchen Tiefpunkt des Lebens konnte ich unter schützendem Dach überwinden, oft schon nach wenigen Tagen vermeintlich erholt und gestärkt, dieses einzigartige, friedliche Refugium der Familie, inmitten der herrlichen Natur am Tegernsee schweren Herzens wieder verlassen. Zu Hause in Königsburg erwartete mich nach kurzer Erholung meist Chaos und Dauerstress. Sich ständig wiederholende Konflikte und Probleme drängten mich schnell in den grauen Alltag zurück.

Versuche, sie zu meistern, raubten chancenlos Kraft und Energie, einen aussichtslosen Kampf
führend, verstummte ich eines Tages resigniert. Während zwan-

zig langer Ehejahre erlebte ich hautnah Ängste und Depressionen meines Mannes, anfangs unvermutet in den verschiedensten Situationen, später wohlbekannt, das dicke Ende ahnend.

Der sensible Mensch, beherrscht von Unsicherheitsgefühlen, fürchtet Ablehnung und Veränderung, verinnerlicht negative Gedanken. Positive Gegenbehauptungen und Argumente seiner Umgebung stellt er aggressiv in Frage, will nicht unbefangen am Leben teilnehmen, erlaubt sich in Protesthaltung arrogante, überhebliche Dominanz. Will die Familie unberechtigt bestrafen, von der er sich nicht genügend wahrgenommen und missachtet fühlt!

Die Vision einer erfolgreich selbstständigen Existenz im Einzelhandel, der Anspruch einer heilen, gut funktionierenden Familie, alles irgendwie in den Griff zu bekommen, überfordert sämtliche Familienmitglieder hoffnungslos. Je nach Lage der Dinge sind wir gegenseitig Opfer und Täter zugleich, drohen uns zu »bleiben« oder zu »gehen«, drehen uns unbewusst in selbstzerstörerischem Kreis. Unsere Auseinandersetzungen verlaufen in der üblichen Prozedur von außer Kontrolle geratener Diskussion, vorwurfsvoller Unterbrechung, Beleidigungen, krampfhafte Stille, lange Gesichter, subtile Annäherungsversuche und Scherben zusammenkleben.

TROTZ IHREM VERHEISSUNGSVOLLEN START entwickelte sich unsere Lovestory für alle Beteiligten unerwartet, langsam, aber stetig melodramatisch! Während der Ausbildung seines Freundes, dem er zu meiner großen Freude immer öfter einen Besuch an der Hotelfachschule abstattete, kamen wir uns schnell näher, entdeckten hoch erfreut erstaunliche Gemeinsamkeiten.

Auch er liebte seit seiner Kindheit diese Gegend, verbrachte mit seinen Eltern viel Zeit hier vor Ort. Hand in Hand wanderten wir im Lauf der Jahreszeiten in einer verliebten, magischen Welt. Durchstreiften auf dem Fahrrad die herrlichen Weiten der Weissachauen, klapperten mit dem Auto die nähere Umgebung ab, versanken im Rausch der kräftigen Farben, suchten kichernd nach abwechslungsreichen Motiven für das Fotoalbum, kehrten lebhaft erzählend an verlassene Plätze unserer Kindheit zurück.

Meine Wohnung diente als gemütliches Nest und Stätte der lustvollen Verführung, glich einem verwunschenen Garten. Zutraulich und spielerisch tummelten wir uns zwischen den Laken, waren selig, uns gefunden zu haben. Unser Arrangement war auf das Wesentliche beschränkt, zwei Menschen ließen sich auf eine harmonische, sinnbetörende und Appetit anregende Verbindung ein. Zusammen fühlten wir uns stark, die Wellenlänge stimmte. Jeder Moment bescherte neue reizvolle Aussichten, die Beziehung wirkte auf uns erfrischend wie eine Meeresbrise, weckte intuitiv die Lust auf Ehe und Familie. Ein lange vermisstes Puzzleteil fügte sich in unser Leben ein, als sich das erste Kind ankündigte, schien das Glück perfekt, das bevorstehende Ereignis brachte den Stein ins Rollen.

Mit Beendigung seines Studiums beschlossen wir, unser Leben gemeinsam fortzusetzen. Wir wollten reden, lachen, kuscheln, ohne Wenn und Aber zusammengehören, mehr teilen als Tisch und Bett, entschieden uns für eine selbstständige Tätigkeit, eröffneten in guter Lage ein Geschäft für anspruchsvolle Raumausstattung.

Zu Beginn der Ehe völlig sicher durch eine intakte Partnerschaft, und die Überwindung von Selbstzweifeln eine gesunde Basis für den glücklichen Fortbestand unserer Beziehung angelegt zu haben, blieb diese erschreckend schnell durch offene Rechnungen, unumgängliche Überstunden, ein neugeborenes Baby und meine krebskranke Mutter auf der Strecke. Innerhalb weniger Monate saßen wir wortlos am Tisch, erlebten vor dem Fernseher Gefühle aus zweiter Hand, unser Beziehungsalltag versank in Trott und Stress, es gelang uns nicht, den Zauber des Anfangs zu bewahren, die Lichter gingen aus.

Je nach Blickwinkel gesellten sich Vorwürfe oder eindeutig falsche Vorstellungen dazu. Kleine Rituale mit großer Bedeutung wurden nicht mehr gepflegt, Intimität auf Eis gelegt.

In überzogener Erwartungshaltung an die Partnerschaft, unfähig auch negative Seiten des anderen zu akzeptieren, kamen uns Wärme und Vertrauen abhanden. Jeder handelte nach seiner persönlichen Geschichte, Beziehungsmuster aus der Kindheit vergifteten unser Verhalten.

Weder mein Mann noch ich sahen sich in der Lage, Gefühle, die unsere Handlungen weitgehend steuern, wahrzunehmen und darüber zu kommunizieren, zuverlässige Verbundenheit entglitt in schroffe Abwehrhaltung. Früher aufeinander zählend, ließen wir uns fortan rachsüchtig im Stich.

Enttäuscht krochen wir in unser jeweiliges Schneckenhaus voreinander zurück. Ich flüchtete wie üblich in Arbeit und Leistung, er in permanentes Selbstmitleid und Krankheit.

Bis zum heutigen Tag ist es ihm gelungen, Kompetenz und Verlässlichkeit nur von anderen zu fordern, hat er ängstlich vermieden, sich zu einem selbstständigen, eigenverantwortlichen Menschen zu entwickeln, muss andere benutzen, um sich selbst zu finden. Dass ich mit meinem eigenen Verhalten, dem aufrichten Bemühen nicht weiteres Porzellan zu zerschlagen, diese Haltung unterstütze, wurde mir erst durch mein Balancetraining bewusst.

UNSEREN SOHN TREFFE ICH auf dem Sofa, samt Walkman im Ohr, eingeschlafen vor laufendem Fernseher im Wohnzimmer an. Seiner Geburt verdanke ich tagtäglich neu zu mobilisierende Kräfte, werde liebevoll bestärkt, ihm ein Stück heile Welt zu bewahren. Eine Trennung kam für mich nie in Frage, halte mich fest an den wenigen fröhlichen Momenten, glücklichen Erinnerungen. Befürchte, allein erziehend oder in einer neuen Partnerschaft andere Probleme, vom Regen in die Traufe zu geraten. Richtig oder falsch? Im Nachhinein eine brisante Frage auf die es keine befriedigende Antwort gibt.

Gerade im Teeniealter fehlt der männliche Mentor, der ihm die Welt Schritt für Schritt erklärt. Sein Vater spielt stattdessen Patriarch, stellt an andere überzogene Forderungen, hält dem allgemeinen Druck selbst nicht stand, flüchtet in Bandscheibenvorfall und eine schwere Neurodermitis, bietet statt starker Schultern permanentes Selbstmitleid.

Fast erwachsen steht mein Filius nun an der Pforte in sein eigenes Leben, ich könnte gelassen einen Schritt zur Veränderung riskieren.

Deutlich bemerke ich jedoch seine Unsicherheit und Vorbehalte, manchmal beschleicht mich das Gefühl, in seiner Erziehung versagt zu haben. Mütter sind immer Schuld ...! Obwohl mein Gatte auf Grund unserer Selbstständigkeit und gerechter Arbeitsteilung nie aus dem Sozial- und Erziehungsleben ausgeschlossen war, er nie als braver Ehemann bis spät abends im Büro hocken und sämtliche Rechnungen »alleine« bezahlen musste, schiebt er sämtliche Verantwortung an mich ab, versteckt sich hinter fadenscheinigen Gründen.

Ich erkenne Parallelen zur ausschließlichen Erwartungshaltung meiner Eltern mir gegenüber, auch mein Sohn befand sich immer in einem Spannungsfeld zwischen Zuwendung und Leistung. An persönlichen Ansprüchen und Erwartungen seines kritischen Vaters, der tagein, tagaus versucht, von den eigenen Unzulänglichkeiten abzulenken, droht mein geliebtes Kind zu ersticken. Mein Mann versteht sein Ego als Nabel der Welt, pflegt seine »Ich-Illusion«, seine Autorität prallt regelmäßig, gegen meine, ihm verhasste, Liberalität. Unser Familienleben gleicht des Öfteren einem schwermütigen Drama nicht enden wollender Tragödien. Einen Ausweg aus dem Chaos, nach neuer Orientierung suchend, gönnte ich mir vor einigen Monaten den Besuch in einer Konfliktberatung und fand meinen persönlichen Ausstieg durch eine Ausbildung zum Balancetrainer.

Inständig hoffe ich, dass der junge Mann auf dem Weg zu seinem Leben nicht stetig und grausam von den Gespenstern seiner Vergangenheit eingeholt wird, sondern sein Blick auch auf unterhaltsame Abende, geglückte Kommunikation und durchgefochtene Kämpfe gerichtet ist. Manege frei für die Jugend! Vielleicht erinnert er sich an einen steifen Zirkusdirektor und an eine eifrige Agentin, die ihren Nachwuchs mit verschiedenen Brillen wahrgenommen und ihm zahlreiche, unterschiedliche Darbietungen präsentiert haben. Unter der Kuppel des Zeltes in luftiger Höhe erlebte er gekonnte Jonglagen sowie atemberaubende Kunststücke, sollte als Jury entscheiden, wer den begehrten Preis um seine Gunst erhält. Wen sollte er für Regie oder Choreografie auszeichnen und damit als feste Größe in seinem eigenen Festival installieren, ohne einen Elternteil zu verletzen?

Mutter und Vater steigen irgendwann vom Olymp, sind nun wieder für ihre eigene Show verantwortlich, waren mit einer wunderschönen, verantwortungsvollen Aufgabe betraut, befinden sich nicht mehr im Wettbewerb.

Gelungen ist die hochkarätige Veranstaltung nur, wenn ein junger, talentierter Artist vor sein Publikum tritt! Beherzt in die Welt des Varietés Einzug hält, der Spuk des Außenseiters, die gegenseitige Abhängigkeit der engen Beziehung überwunden ist, in der Gesellschaft den ihm zustehenden Platz einnimmt und als gereifter Mensch zufrieden ausfüllt.

EIN SONNIGER SPÄTHERBSTTAG LOCKT MICH frühmorgens aus dem bequemen Bett, gut gelaunt entdecke ich ein glücklich lächelndes Gesicht im Badezimmerspiegel.

Mit wenig Schlaf, dennoch halbwegs konditionsstark, begebe ich mich in die Küche, mache mich fröhlich ans Werk. Vorfreude, bekanntlich die schönste Freude, verbreitet sich im Haus. Der jungfräuliche Tag verspricht ein seltenes, urgemütliches Frühstück mit meinem Sohn, Kaffeeklatsch in geselliger Runde, Auftakt zum traditionellen Treffen der ehemaligen Hotelfachschüler. Ein Highlight am Ende der Saison, zu dem auch mein Mann anreisen wird, um die langjährige Verbindung zu seinem wichtigsten Freund aufzufrischen.

Der warme Föhnwind des goldenen Oktobers lässt die Temperaturen um die Mittagszeit sommerlich in die Höhe klettern, ich decke den Kaffeetisch auf der Terrasse ein. Bräunlich gefärbtes Gras, filigranes Gelb des Bergahorns bilden einen reizvollen Kontrast zum dunklen Grün der Fichten im Garten. Wir sitzen in mildem Herbstlicht, hinter uns das herrliche Bergpanorama mit Blick auf einen belebten Wanderweg, vor uns ein leckeres Stück Käsekuchen, gebacken nach meinem Geheimrezept, dem kaum jemand widerstehen kann, ein Hochgenuss für in die Sonne blinzelnde, verwöhnte Naschkatzen.

Kleine Köstlichkeiten verschwinden genussvoll in munter plaudernden Schnäbeln, zwischen angeregtem Geschnatter und lautstarker Unterhaltung entfaltet sich die gesamte Palette der wichtigsten Erlebnisse und Begebenheiten vergangener Monate.

Wir vier Grazien bewegen uns mit glühenden Wangen und hochrotem Kopf auf vertrautem Terrain, nähern uns in der Rolle des Abenteurers, um die geheimnisvollen, unerschöpflichen Reserven der »anderen« zu erforschen.

In eigener Regie sich gegenseitig zum Leuchten gebracht, die unvorhersehbaren Bewegungen des Lebens enträtselt, versuche ich nun, zu meinem persönlichen Anliegen überzuleiten, und serviere meinen Freundinnen den Portwein im Wohnzimmer. Die Schönheit des Globus jenseits von Terror, Krieg und Elend, die Welt als Wunderland in faszinierenden Bildern scheint sich heute Nachmittag, zwischen geschwätzigen Frauengestalten, voll übermütiger Lebensfreude, romantischer Natur, Kunst und Architektur, in diesem Raum zu feiern.

Ich bin Teil eines sinnlichen Erlebnisses. Erhabene Momente, melancholischer Zauber, schwermütige Melodien, vorgetragen von herausragenden Protagonisten – meinen lieben Freundinnen –, haben mich mit ihrem lustvollen Können, dem Grau des Alltags in die »blaue Stunde« zu entfliehen, überzeugt.

Es gibt wohl kaum eine schönere Möglichkeit, sich auf einen langen, interessanten Vortrag in der herbstlichen Jahreszeit einzustimmen, als mit dem Hörgenuss von Schuberts »Winterreise«. In angemessenem Rahmen, nebst Overheadprojektor und Leinwand, gehe ich danach zum Thema über, versuche die anwesenden Zuhörerinnen in meinen Bann zu ziehen, schließlich sind sie ja nicht nur zum Vergnügen da.

Anfangs eher stockend, leicht unsicher, bald jedoch flüssig und frei berichte ich von einem Schnupperseminar an der Akademie für positive Psychotherapie. Beschreibe als Auslöser dieser Aktion jahrelange Streitigkeiten in der Familie, schwelende Konflikte im Betrieb. Am Ende meiner Kräfte angekommen, suchte ich Hilfe und Rat bei kompetenten Experten, eine Beratungsstelle mit dem Schwerpunkt »Hoffnung«.

Der Aufwand hat sich gelohnt, der Tag wurde zu einem Fest. Mit praktischen Übungen, Selbsterfahrung und Reflexion, Rollen- und Fallbeispielen, Kleingruppenarbeit, und viel Humor lernte ich die Folgen von Überlastung, Überforderung, Stress und Unzufriedenheit, familiärer Konflikte, berufliche Leistungsfähigkeit positiv zu beeinflussen.

Ich unterrichte die Damen über den Unterschied zwischen der herkömmlichen, traditionellen Psychotherapie, in welcher der Mensch mit seiner Krankheit im Mittelpunkt steht. Der Therapeut unternimmt mit einer therapeutischen Maßnahme den Versuch, ähnlich wie der Chirurg durch Entnahme eines Organs, die Krankheit zu beheben. Ob damit die Gesundheit wiederhergestellt ist, kann allerdings nicht garantiert werden.

In der positiven Psychotherapie liegt die Bedeutung auf dem Wort Positiv: Wörtlich übersetzt, Positiv= Tatsächlich – Vorhanden!

Tatsächlich, vorhanden sind natürlich nicht die Störung oder der Konflikt, sondern die Fähigkeit und das Potential eines jeden Menschen, mit den Konflikten des Alltags gelassen umzugehen.

Durch mentale Balance, Gleichklang in allen Lebensbereichen finden wir innere Ruhe, begegnen der alltäglichen Hektik zukünftig in Harmonie, sind gewappnet gegen Ängste, Stress und Depression.

Die Arbeit des Akademieleiters, zugleich auch Begründer der positiven Psychotherapie, ist gekennzeichnet durch ihre Innovation und Klarheit. Sie steht für Kompetenz und Seriosität, verwendet Spruchweisheiten und lustige Geschichten. Hochkarätige Dozenten, Meister ihres Faches, stehen ihm als Team zur Seite.

Wenige Tage nach diesem besonderen Erlebnis entschloss ich mich zu einem Seminar mit Abschlussdiplom im Bereich Konflikt- und Gesundheitsberatung an einem der größten und renommiertesten Psychotherapie-Ausbildungsinstitute Deutschlands.

Zehn wunderschöne Monate investierte ich in meine Zukunft, qualifizierte mich weiter, um endlich Kernkompetenzen für ein ruhiges, umsichtiges Berufs- und Privatleben zu erlangen.

Ich erkläre anhand meiner selbst gestalteten Folien unsere tägliche Bewegung innerhalb der vier Lebensbereiche: Körper und Geist, Leistung und Beruf, Familie und Kommunikation, Fantasie und Zukunft. Wäre unsere Energie in den vier Bereichen gleichmäßig verteilt, lebten wir in Balance – Gleichklang. Sind Bereiche auf Dauer unter- oder überbesetzt, gerät das System früher oder später in Schieflage, der Körper erhält über Symptome und Signale eine Botschaft, die bei Nichtbeachtung in Krankheiten übergehen kann. Informiere hierzu über die Crux, kaum um die Ursache der entstehenden Leiden wie Schwindel, Schwitzen, Zittern, Herzrasen und Magendrücken zu wissen.

Den nachdenklichen Mienen der hier Anwesenden entnehme ich nun die exakte persönliche Buchhaltung, jede berechnet sicher gerade ihre vorhandenen Energiedefizite, erkennt den Kraft raubenden Spagat zwischen Familie und Beruf. Auch ich hatte bei der ersten Begegnung mit dem Balancemodell ein schnelles »Aha-Erlebnis« begriff augenblicklich die jahrelange Störung meines Systems.

Gespannt lauschen Brigitte, Rita, Conni und Annemarie meinen weiteren Ausführungen. Lassen sich entführen in die Welt von Mikrotraumen, dem Drama der kleinen Verletzungen, den bereits in Kindertagen angelegten so genannten Kleinigkeiten, die sich mit zunehmendem Alter zu ausgewachsenen, bedrohlichen Neurosen entwickeln, falls bestimmte Erlebnisse, traumatische Erfahrungen und Prägungen nicht ausgeglichen werden können

Der Vorbilddimension, die uns gerne dazu veranlasst, unseren Partnern in Beziehungen und Beruf die eigene Lebensphilosophie überstülpen zu wollen, so wie wir sie, von unseren Eltern übernommen, ungefiltert weitergeben, falls wir uns nicht liebevoll, aber kritisch ablösen.

Ich referiere möglichst verständlich über primäre und sekundäre Aktualfähigkeiten. Mit diesen Grundfähigkeiten ausgestattet, primär in jedem Menschen vorhandene wie Liebe, Geduld, Vorbild, Zeit, Kontakt, Sexualität, Vertrauen, Hoffnung und Glaube, sekundär in jedem Menschen angelegte wie Pünktlichkeit, Sauberkeit, Ordnung, Gehorsam, Höflichkeit, Ehrlichkeit, Treue, Gerechtigkeit, Fleiß und Leistung, versuchen wir unser Leben zu meistern. Doch überall wo Menschen zusammentreffen, gibt es Missverständnisse und Konfliktpotential, die bei rechtzeitigem Erkennen eine Chance für das Miteinander und uns selbst darstellen. Persönliche Erwartungen und Ansprüche nehmen zu, Zeit und Geld nehmen ab, die Folgen, familiäre Konflikte beeinflussen unsere berufliche Leistungsfähigkeit, psychosomatische Störungen und andere Krankheiten sind dann nicht mehr weit, unser Körper rebelliert.

Nun gebe ich einen Hinweis auf den Zusammenhang zwischen eigenverantwortlichern präventiven Maßnahmen zum Erhalt der Gesundheit, aktiv zu werden, bevor das Kind in den Brunnen gefallen ist, und einem positiv eingestellten, den Konflikten des Alltags ruhig begegnenden Geist. Mentale Balance fördert einen zusätzlichen Wohlfühleffekt, verschafft neue Energien und überzeugende Lösungen.

Ich beschließe meinen Vortrag mit einem Zitat von Hermann Hesse:

»Das rasche, betäubende Leben hält für uns erschreckend wenig Stunden bereit,
in denen die Seele sich ihrer bewusst werden kann.
Wir handeln zu wenig aus freier Entscheidung, sondern aus dem Gefühl von
Verpflichtung und Schwäche.«

Hermann Hesse, gelebt von 1877 bis 1962, war einer der wenigen Autoren seiner Zeit, der sich mit Hektik und Reizüberflutung in seinen Schriften auseinander setzte, er orientierte sich an den organischen Kraftquellen der Natur, machte uns Mut, verdrängte Reserven zu aktivieren und jeden neuen Tag wie ein Abenteuer mit Neugierde und Zuversicht zu beginnen.

Man könnte in ihm den Balancetrainer des vergangenen Jahrhunderts sehen!

Im Zimmer ist es nun verdächtig leise, gespannt meine Rede verfolgend, haben sich die Damen alles von Anfang bis zum Ende angehört. Brigitte ergreift als Erste, sich viel sagend räuspernd, das Wort. Man wisse von den angesprochenen Inhalten leider viel zu wenig, wer sei schon psychotherapeutisch als Laie auf dem Laufenden, stellte sie bedauernd, an so manche eigene Qual erinnert, fest. Auch für den Fachfremden gut verständlich und einleuchtend beurteilt sie das Gehörte. Die Gruppe erwacht langsam insgesamt zu neuer Lebendigkeit, passt sich auf eigene Weise der Geschichte an, versucht, damit zurechtzukommen. Jedes Mitglied möchte mich umarmen, erschöpft genieße ich die femininen Zärtlichkeiten, stolz vernehme ich bewundernde Lobeshymnen, Balsam für meine verwundete Seele. Ich bedanke mich für ihre Begleitung auf diesem informativen Spaziergang durch den Nachmittag und ihre große Geduld.

Ihre Perspektive hat sich merklich verändert, schon gerät ihre Welt ins Wanken. Mit Gespür für den richtigen Augenblick wurde meinen Zuhörerinnen ein völlig neuer Blickwinkel auf ihr eigenes Leben beschert. Wundersam entspannt erlebe ich die ersten Sonnenstrahlen nach unfreiwilligem Winterschlaf, fühle mich von einer unbekannten Krankheit endlich genesen. Spielend bin ich mit der mir selbst gestellten Aufgabe zurechtgekommen, schon setzen die Mechanismen zur Regeneration ein, die erhöhte Herzfrequenz sinkt bereits wieder ab.

Eröffne eine Schule zur friedlichen Konfliktlösung, biete Mediation für die Praxis, Konflikt- und Gesundheitsmanagement, berate Führungskräfte, du hast garantiert Erfolg, versuchen mich die Mädels zu ermutigen. Bevor ich sie noch über meine dünne Finanzdecke und große Pläne aufklären kann, steht mein Mann plötzlich mitten im Zimmer.

Ihn hatte ich in meiner Euphorie völlig vergessen. Zerplatzte Schokoladenträume! Seine Stimme klingt wie ein Festgesang aus der Hölle, nur starke Naturen und professionelle Zeitgenossen sind an unserer Gesellschaft in solchen Momenten interessiert. Meine persönlichen Ambitionen waren ihm immer ein Dorn im Auge, mit seiner negativen Meinung hielt er nie hinter dem Berg.

Schnell herrscht allgemeine Aufbruchstimmung. Telefonate und Nachricht zum Thema werden überstürzt vereinbart.

Im goldenen Licht des Sonnenuntergangs verabschiede ich meine Freundinnen, losgelöst vom bizarren Dasein des Alltags. Meine Aufmerksamkeit, geprägt von kühler Distanz, gilt nun ungeteilt dem Sohn des Hauses.

Die düstere Miene zur Begrüßung hält, was sie verspricht: eine neue Hiobsbotschaft! Dass die langjährigen Angestellten während meiner Abwesenheit in seiner alleinigen Obhut angeblich nie richtig mitarbeiten, überrascht mich nicht, doch dass der klug taktierende Geschäftsmann innerhalb weniger Tage eine langjährige Partnerschaft mit einem wichtigen Lieferanten, dem wir günstige Konditionen zu verdanken haben, aufgekündigt hat, verschlägt mir die Sprache. Diese Tatsache kann in den momentan wirtschaftlich angespannten Zeiten unser »Aus« bedeuten. Schon bereite ich in Gedanken eine übliche Strategie des Ausbügelns vor, das Ausmaß der Katastrophe vor Augen.

Wild gestikulierend, wie immer im Recht, verkündet die stolze Unschuld vom Lande mit persönlichem, ausdrucksstarkem Führungsstil, die Dinge in die Hand genommen, endlich für Klarheit und zukunftsweisende Richtung in unserem kleinen Unternehmen gesorgt zu haben.

Mir schwant ein inszenierter Auftritt seines individuellen Charakters in blasierter Miene von leidenschaftlich opulent bis ausgefallen temperamentvoll. Man könnte auch schlicht von Sabotage einer klassisch konservativen Geschäftsverbindung sprechen. Eine unendliche Furcht ergreift von mir Besitz, ich bin den Tränen nahe.

DIE STÜRMISCHE BEGRÜSSUNG der nacheinander Eintreffenden verläuft wie üblich.

Küsschen hier, Küsschen dort, Freundlichkeiten werden ausgetauscht, kleine Skandale aufgedeckt. Amouröse Geschichten im Wechsel mit neugierigen Fragen, jeder kommt auf seine Kosten, beschert oder erfährt Sensationelles und Wissenswertes. Alte Freunde erinnern sich gerne ihres Aufenthaltes am Tegernsee während der Schulzeit, wärmen in geselliger Runde bekannt vertraute Geschichten auf.

Dieser Abend pflegt Tradition und Kultur, verläuft ganz nach dem Motto: »Menschen, Träume, Show«. Das Leben wird gegenseitig unaufgefordert serviert, reichlich verkostet mit großen Gesten auffällig dargereicht.

Hinter dem Titel verbergen sich aber auch Glanzleistungen, die einem breiten ganz unter sich weilenden Publikum gut verpackt präsentiert werden. Man erhält Zutritt in die Welt erfolgreicher Gastronomen und Hoteliers, die mit Kreativität und Können, alle Hebel in Bewegung setzend, ihre Branche bedienen. Mit intensivem Engagement den Ansprüchen der modernen Gesellschaft mit ihren hier erworbenen Kenntnissen in der Gastroszene sowie im Event- und Cateringbereich gerecht werden wollen.

Wir befinden uns im neu gestalteten, stilvollen Ambiente des Hotels eines »Ehemaligen« und warten mit ausgetrockneten Kehlen auf eine weitere süffige »Halbe«, gut gebrautes bayrisches Bier, um die anregende Kommunikation, und den damit verbundenen Flüssigkeitsbedarf optimal abgedeckt, weiterführen zu können.

Der Besitzer des Hauses, ist mit seinem Personal jedoch restlos überfordert, allgemeiner Unmut macht sich schnell breit.

Mit der Aussicht auf weitere Unterversorgung wird vom harten

Kern zum Wechsel der Location aufgerufen, die Party geht in »Bernd's Cocktaillounge« in die nächste Runde.

In den zurückliegenden Jahren hatte ich Bernd nie bei den offiziellen Veranstaltungen des Treffens erlebt. Der selbstständige Unternehmer witterte eigene, gute Umsätze und hielt bei angeblich gewohnt soliden Preisen die Stellung hinter seiner Bar.

Die feiernde Meute hörte bei Bier, Sekt und Longdrinks Musik vom Feinsten, wurde nicht selten eine ganze Nacht lang in den gemütlichen Räumlichkeiten aufs Beste versorgt.

Mein Mann verabschiedet sich auch heute, wie seit Jahren üblich, nach dem offiziellen Teil von seinen Bekannten. Den Heimweg tritt er allerdings und im Gegensatz zu dem, was er gewöhnlich als gute Entscheidung auch in meinem Sinne darstellt, alleine an. Auf die »vertraut übliche Zweisamkeit«, zelebriert in Form seiner provozierenden Äußerungen, bis vermutlich in die Morgenstunden andauernden, unfruchtbaren Diskussionen verzichte ich freiwillig und schließe mich, eindeutige Signale an die Adresse meiner besseren Hälfte gerichtet, den anderen an.

Mit der Miene eines geprügelten Hundes verlässt er die Gesellschaft, unfähig zu begreifen, weshalb ich mich energisch gegen bestehende Verhältnisse zu Wehr setze, das ihm gerecht werdende, jedoch nie zur Kenntnis genommene »Günstlingssystem« mit dem Brennglas unter die Lupe nehme. Stets angetrieben von dem Wunsch nach Besserung, Veränderung unserer Beziehung, maßlos enttäuscht von vergeblichen und erfolglosen Versuchen, meine Philosophien in die Tat umzusetzen, seiner gescheiterten Bemühungsstrategien überdrüssig, verbitte ich mir jegliche Einmischung und mache mich mit Bernd's Fangemeinde auf den Weg.

Aus konkretem Anlass, in Gesellschaft guter Freunde, wage ich die Hürde in die Höhle des Löwen zu nehmen. Wir bewegen uns in eher privater, intimer Atmosphäre. Urbayrisches ist hier neu kreiert, betörendes Grün bestätigt den eher provokanten Stil des Betreibers. Mir staunendem Betrachter eröffnen sich fantasievoll gestaltete Ecken und Nischen, in der innenarchitektonischen Bewertungsklasse ganz oben anzusiedeln. Wir landen schließlich an der Bar, einem Wunderwerk zwischen technischer Meisterleistung und gediegenem Styling.

Hier entfaltet sich die globale Stimmung einer bekannten Lounge, die ihre illustren Gäste klassisch geführt zu unterhalten sucht.

Hinter dem langen Tresen agieren imponierend flinke Hände, fröhlich beschäftigt dem zu früh eingesetzten Ansturm alter Kumpels Herr zu werden. Zwei flotte Kellner jonglieren sorgsam angerichtete, flüssige Kunstwerke durch das Chaos, behalten witzig und gut gelaunt den totalen Überblick.

Aus sicherer Entfernung beobachte ich aufmerksam den souverän wirkenden Chef, erkenne deutlich vom Leben hinterlassene Spuren und Linien in einem nach wie vor freundlichen Gesicht. Die Konturen etwas rundlicher, stehen ihm wenige Kilo mehr jedoch ausgesprochen gut. Das graue Haar raspelkurz geschnitten, die Züge wie eh und je markant, unterhält er sich ganz nebenbei glänzend in bekannt selbstbewusster, wortgewandter Art.

Während intensiv gelebter Jahre, vielen Höhen und Tiefen blieb seine persönliche Ausstrahlung unangetastet erhalten. Zunächst komme ich mir wieder unendlich klein und naiv in seiner Gegenwart vor, kämpfe jedoch tapfer an gegen das Gefühl von Sieg und Niederlage. Der übliche Campari-Soda tut sein Bestes, vertreibt den Rest kleiner Stiche in der Magengegend.

Klatsch und Tratsch lauscht er betont zurückhaltend, amüsiert, den reibungslosen Ablauf des Geschehens immer im Auge behaltend.

Ein selektierender Blick über viele Häupter in die quakende Runde, nun hat er mich, ungläubig dreinblickend, total überrascht im Bad der Menge entdeckt. Verzieht sein Gesicht, die Züge erstarren. Verdreht die irritierten Augen, schüttelt den verwirrten Kopf, durch den gerade tausend Gedanken in Bruchteilen von

Sekunden zu huschen scheinen, setzt fahrig mit dem Filetieren einer saftigen Apfelsine fort.

Die Schnelle meines Pulsschlages verursacht ein heftiges Beben des gesamten Körpers, ich registriere leicht nachgebende Knie, ein unbekanntes Ziehen im Rücken und Atemnot. Freunde spielen in solchen Momenten eine wichtige, ihnen selten bewusste Rolle. Vor längst vergessenen Gefühlen, zunächst unfähig mit dieser heiklen Situation umzugehen, flüchte ich mich angestrengt in das subtile Gespräch einer ziemlich angeheiterten Clique.

Erwartungsvoll abwartend verharre ich extrem langsam schleichende Sekunden und Minuten in verdeckter Position. Suche vergebens, aus dem hintersten Augenwinkel nach einer Veränderung seiner Mimik, nichts passiert!! Nicht ohne Stolz verbuchst mein fast unverändertes Aussehen gelegentliche Pluspunkte, wenn es um Begegnungen nach vielen Jahren geht. Aus meiner Sicht optisch in den vergangenen 20 Jahren also kaum verändert, entdecke ich hier allerdings nicht den geringsten Hinweis, erkannt zu werden. Kein erneut aufgenommener Blickkontakt, keine Bewegung auf mich zu, *nichts*!

Unberechtigte Zweifel nagen an meinem Ego, na dann eben nicht!! In entscheidenden Spielabschnitten fehlt mir die Professionalität, schon überlege ich, wie ich mein Gastspiel rasch beende, unverrichteter Dinge durch die Hintertür entkomme.

Leicht zitternde Hände fest in die Stirn gedrückt, denke ich gründlich nach. Der sich regende Gedanke, diesmal nicht zu kneifen, die innere Spannung auszuhalten, keine Schwäche zu zeigen, breitet sich ganz ruhig in meinem Hirn aus, entwickelt ein Bedürfnis, mit ihm, soweit es der Betrieb hier zulässt, wenigstens ein paar höfliche, unverbindliche Worte zu wechseln. Zwei Seelen melden sich in meiner vibrierenden Brust, ich überwinde törichte Skrupel, fasse mir ein Herz und marschiere wie in Trance, aber zielsicher, geradewegs auf ihn zu. Getreu der These: Augen zu und durch, bzw. jetzt oder nie, bewegt sich David in Richtung Goliath!

Ohne die Waffen einer Frau kämpfend, strecke ich ihm freundlich lächelnd meine Hand zum Gruß entgegen, hauche vor versammelter Mannschaft jeweils einen Kuss auf seine Wangen. Das Begrüßungsritual wird zögernd erwidert, er baut eine hölzerne Brücke. Unsere Augenpaare treffen sich, halten sich fragend fest, trennen sich ohne passende Antwort. Mit dem selbstherrlichen Gesichtsausdruck eines Oberstudienrats, der gerade großzügig gute Noten verteilt, nimmt er mir die Eröffnung des Gesprächs leicht ironisch ab:»Na, schon wieder in Balance? Ich leider noch nicht, obwohl mir mein freier Abend, extra vorverlegt, den Besuch deines Vortrags wert war. Bedauerlicherweise stand ich, ohne deinen Worten lauschen zu können, wegen Überfüllung vor verschlossener Türe, aber dieses verpasste Highlight lässt sich doch sicher demnächst nachholen?«

Hohn und Spott schlagen mir zunächst entgegen, sein seit Jahren mit Rachegelüsten am Leben erhaltenes, verletztes Ego hält Hof, lässt unverblümt grüßen! Tapfer beiße ich die Zähne zusammen, fast glaube ich ein Knirschen zu vernehmen. Wer geht als Sieger, wer als Verlierer vom Platz, das seltsame Spiel langer Nächte steht ihm nun ins Gesicht geschrieben. Ich werfe den Ball nicht zurück, mit geöffneten Händen fang ich ihn auf, mich besinnend, nie über die Schlagfertigkeit verfügt zu haben, »ihm« oder »ihr« mit gleicher Münze heimzuzahlen.

Ich stammle ein paar eigentlich überflüssige Entschuldigungen: »Vielleicht lag das Desinteresse an der Gestaltung meines Plakats, vielleicht sogar am Thema, keine Ahnung, ich kann mir mein Missgeschick mit dem besten Willen selbst nicht erklären, aber schön, dich heute Abend wenigstens *hier* zu sehen!«

Mit einem rätselhaften Klang in der Stimme fragt er:»Rückbesinnung an alte Zeiten oder pure Neugierde, was treibt *dich* hierher?«

»Vermutlich dieselben Motive, die dich zum Besuch *meines* Vortrages antrieben«, antworte ich entwaffnend ehrlich! »Aha, sozusagen auf Kontrollgang«, murmelt er kaum verständlich, ein breites, zufriedenes Grinsen folgt prompt hinterher.

Mittlerweile sind einige neue Bestellungen eingegangen, schlagartig widmet sich Bernd wieder zugeknöpft seinem Geschäft. Gespannt, anfangs nach unverfänglichen Themen suchend, mich für ein Schweigen im richtigen Moment entscheidend, sich an seinem Tun festklammernd, verfolgen meine Augen eine Weile den chronologisch geordneten Ablauf seines Handwerks, er beherrscht seine Kunst erstklassig.

Während die Gäste wie ein Wasserfall reden, damit sie in dieser Welt etwas bewegen können, hoffen, dass ihre Worte eine verändernde Kraft haben, lasse ich meine Fantasie spielen, hänge meinen Gedanken nach. Ahne: Unser Schweigen geschieht nicht aus Abneigung, sondern als kostbares Signal der Zusammengehörigkeit, zeigt, dass sich keiner von uns vor dem anderen produzieren, ihn beeinflussen oder beherrschen muss. Plötzlich, in Folge wunderbarer Lautlosigkeit, zieht er mich von einer Sekunde auf die andere an beiden Händen hinter die Bar, stülpt mir eine blütenweiße, knöchellange Schürze über, erteilt den Befehl zum »Warm-up«, findet dem Ereignis entsprechend einen triftigen Grund, ihm hilfreich unter die Arme zu greifen, mit vereinten Kräften die durstigen Gesellen abzufüllen.

Im allgemeinen Trubel schiebt er mich an seine Seite, meinen ehemals sicheren Platz, verwunderte Thekensteher unterbrechen ihre Gespräche kurz, werfen mir aufmunternde Blicke zu. Die Situation erinnert an unserer erstes Stelldichein: Stürmisch und turbulent fiel damals der Startschuss, zwischen aufgehendem Stern am Gourmethimmel und eigensinniger Venus.

»Willkommen im alten Leben, wen wolltest du mit *diesem* Vortrag eigentlich dem heimischen Herd entlocken? Verschwende nicht dein Talent, hier leuchtet dein Stern, bereichert den Gast!« In Erinnerung an meine gastronomischen Fähigkeiten, seine heimlichen Cocktailschulungen schmeißt er die für ihre Aufgabe dankbare, sich vom Wiedersehen mit einem alten Freund beeindruckte neue Barfrau schmunzelnd ins eiskalte Wasser.

Als Barmixer muss man mehr als perfekt mixen, kaufmännisches Kalkulieren und genaue Kenntnisse aller an der Bar verwendeten Produkte gehören dazu. Schnell fühle ich mich in meinem Element, auch wenn ich mit Sicherheit nicht jeden Cocktail mixen kann, ins Dämmerlicht einer Bar einzutauchen, ob dahinter oder davor, ist für mich ein Stück Weltflucht, wenn es laut und hektisch wird. Schlagartig wird mir klar: Den »Schönen der Nacht« und der »Persönlichkeit eines Barkeepers« habe ich meine Liebe und Leidenschaft zur Psychologie zu verdanken.

Die Bar zum Leben beglückt den Gast auch mit philosophischen Werten, hier wird ihm bewusst, dass es außer seiner eigenen unglücklichen Realität auch noch eine neutrale Wirklichkeit gibt und jedermanns Privatproblem nur eines von vielen ist.

Vielleicht sollte ich meine Balancetrainings als »Extra-Kick« in einer solchen Stätte, dem Welt-Treiben entzogen, in höchst individueller Atmosphäre, die Verbundenheit mit dem Leben spürend, demnächst, von etwas Alkohol inspiriert, ausklingen lassen? Nach ausgiebiger Recherche finden sich immer Mittel und Wege, gezielt innovativ tätig zu sein..

Ob Champagner oder Sherry, Weinbrand oder Whisky, für jedes Getränk gibt es das richtige Glas. Es ist selbstverständlich, dass die gute Bar über ein entsprechendes Sortiment verfügt. Die vorhandene Gläsergalerie verspricht Genuss mit Variationen, die bestellten Drinks lassen sich optimal präsentieren. Bar-Utensilien, die Mittel zum Mixen richten sich nach dem Repertoire der Rezepte, mit denen die Gäste verwöhnt werden sollen.

Ein guter Mann hinter der Bar weiß, welche Drinks den Geschmacksnerven schmeicheln, kennt sich auch in der Weinkarte entsprechend aus. Eigentlich sprechen die Besucher leise, sogar die Gläser klirren zurückhaltend fein, man fühlt sich behaglich und geborgen wie ein Bär in seiner Höhle.

In dieser Bastion haben die Drinks heute Abend allerdings nur die beklagenswert simple Funktion Hemmungen abzubauen, das Publikum scheint einzig an der Erhöhung des eigenen Alkoholspiegels interessiert. Mit gelöster Zunge ist fast jeder zu einer

Eroberung bereit, übrig gebliebene Singles, die bis in die frühen Morgenstunden hocken, betäuben mit Daiquiris und Tom Collins ihre schlimmsten Erfahrungen, versuchen mit einem Lieblingsgetränk den schalen Geschmack in ihrem Mund, Erinnerungen an bessere Zeiten, unerfüllte Wünsche und Sehnsüchte zu vertreiben. Trinken sich die neue Begleitung durch die Nacht zufrieden stellend schön.

In Bernd's Cocktaillounge, dem überaus lebendigen Treffpunkt mit ansprechendem Interieur, steigt der Geräuschpegel momentan stetig, das Geschäft floriert. Frustrierte Ehemänner erinnern sich mit Blick auf kurze Röcke und offenherzige Dekolletés ungern an die längst überfällige Rückkehr ins heimische Ehebett, sympathische Blondinen versuchen mit Methode, Beziehungen für eine Nacht, einen Monat, möglichst fürs ganze Leben anzuknüpfen.

Ich bewundere die destillierte Pracht, eine Wand voller Flaschen von eckig, rund bis länglich kurz. Der Könner neben mir hat ein paar hundert Cocktails im Kopf, kann zur Not improvisieren und steht gerade unter Dauerstress. Der gnadenlose Perfektionist hat sich das Image eines Originals erworben, fühlte sich trotzdem nie verpflichtet, diese Rolle permanent zu spielen. Er ist unübersehbar anwesend, doch er fällt nicht auf, das Genie seines Berufs gibt mir gekonnt knappe Anweisungen, weist Handgriffe zu, blickt mir, Scherze machend, über die Schulter, nimmt mir die Ängste – sogar die vorm Leben.

Die Bewegung auf dünnem Eis, fast perfekt für mich verlaufend, ist allein seinem psychologischen Geschick zu verdanken. In kritischen Momenten hält er mich bei Laune, nur wenn er merkt, dass ich unsicher werde, betätigt er sich als Ratgeber, sogar als ich ein volles Glas umstoße, behält er die Nerven, findet zur rechten Zeit die richtigen Worte, um mich wieder aufzubauen – und schafft es so, meine Schwachstelle zu überspielen.

Von Natur aus scheint er der stärkste Verbündete in meinem Leben, bereit jede Sekunde, jede Minute Bedrohung durch Hektik und Stress erfolgreich abzuwehren, ein gut funktionierendes System führt zu effektiver Leistung, die sich kaum verbessern lässt, ich kann mich voll auf diesen Menschen stützen.

Wir feiern ein fulminantes Revival, präsentieren unsere schönsten Stücke, er die anspruchsvolle, ich die einfache Variante, in gleichmäßigem Ticktack schlagen wir ein besonderes Kapitel in unserem Leben auf.

Zwischen Gin Tonic, Singapore Sling und Planter's Punch testet er ausgiebig mein noch vorhandenes Wissen, freut sich offen und ehrlich über richtige Antworten.

In der Umgebung erlesener Getränke, edler, kostbarer Zutaten werden lange verschüttet geglaubte Begehrlichkeiten geweckt, entstehen reichlich Emotionen, wird die Sehnsucht nach Nähe und Unendlichkeit wach.

Eindeutige Blicke, abendlicher Auftritt im großen Stil, im richtigen Outfit angetreten zur Reise durch die Nacht!

Damen, geschmückt mit Pailletten und Perlen, Herren, in Schale geworfen und mit prall gefülltem Portmonee, erinnern sich an ihre ehemalige, einzigartige Liaison, schwelgen in der unwiederbringlichen Vergangenheit, rüsten für die vermeintliche Zukunft, gestalten erfolgreich ihren Megaevent. In passende Gespräche vertieft, nach abenteuerlicher Expedition durch die letzten Jahre, überdauernde Liebe bezeugend, verlassen uns die angeheiterten Gäste nacheinander mehr oder weniger bereitwillig für neue intime Details.

Die letzten »Schönen der Nacht« brechen auf, nun heißt es aufräumen! Understatement ist zwar eine Tugend, doch eine Hommage an das uns gerade widerfahrene Wunder tut anschließend Not. Während eine superschnelle Geschirrspülmaschine die letzten Gläser wäscht und poliert, platzieren wir uns in alter Sitte mit unerlässlichem Absacker: »Highball«, einem der Situation angemessenen, einfach herzustellenden Durstlöscher aus Whisky, Eiswürfeln und Zitronenschale aufgefüllt mit Ginger Ale, auf zwei Barhocker.

»Ich wusste, dass ich mich auf dich verlassen kann, war überzeugt von deinem Können und Durchhaltevermögen, ich kenne deine Reserven«, mit einem wohlverdienten Kompliment kommentiert Bernd süffisant, elegant die Neuauflage unseres extravaganten beruflichen Spaziergangs. Mit der scheinbar harmlosen Äußerung stellt er schnell ein günstiges Klima her.

»Es hat unglaublich viel Spaß gemacht, für kurze Zeit in deinem Team mitwirken zu dürfen, wie früher haben wir uns gegenseitig zu Höchstleistungen gepusht, danke für dein unerschütterliches Vertrauen!«, antworte ich augenzwinkernd mit einer Prise Humor.

»Du weißt eben genau, für wen oder was es sich zu kämpfen lohnt, warst immer nur irgendeiner Aufgabe, Geschichte oder Begebenheit verpflichtet, nie dir selbst, strebst stets nach höchster Vollendung. Von dieser Stärke war ich angetan, empfand sie als *die* Besonderheit, hatte die Wahl aus hochwertigem Sortiment«, lobt Bernd, nun seinerseits in Erinnerungen kramend.

Helfen, einsetzen, mitgestalten: Zauberworte, die mich immer wieder schwach werden lassen, Aufgaben erfüllen, die für andere nicht mehr leistbar sind. Seine Menschenkenntnis entschlüsselt mein Geheimnis, stelle ich mit stolz geschwellter Brust fest.

»Wir sind wirklich eine äußerst gelungene Allianz, von klassischer Zeitlosigkeit, zwei wertvolle Prachtexemplare, erlesene Edelsteine, naturbelassene Diamanten«, spottet der Typ zu meiner Rechten, während er seine Schleife lockert.

»Von dir erhielt ich die Eintrittskarte in die Welt des Luxus und der kühnen Fantasien, nahm zugleich ängstlich vor erdrückenden Platzhirschen deiner Art Reißaus, glaubte mich in deiner Nähe verloren. Fühlte mich am Haken zappelnd als abhängiger Zuwendungsempfänger für erwiesene Großzügigkeiten. Habe dir aber trotzdem gerne ein ehrwürdiges Denkmal gesetzt!«, schreitet die Klimapflege nun meinerseits fort. Gespannt auf seine Antwort nippe ich an meinem Glas!

»Tja, es ist wie bei einem guten Wein, die Fülle der Blume entwickelt sich erst nach Jahren der Reife und fachmännischer Pflege, dein Anliegen an höchste Qualität einer Beziehung konnte ich früher bedauerlicherweise nicht mit in die Tat umsetzen, kam erst spät dem Geheimnis deiner Aura auf die Spur.«

Sein freundliches Gesicht, auch mit Anfang sechzig noch ein ästhetischer Anblick, ist mir nun direkt zugewandt:»In dieser Nacht, in diesem besonderen Moment erscheinst du mir in völlig neuer Fassung, wie ein Unikat zeitgenössischer Kunst, erstmals zum Strahlen gebracht.«

Nun hat der Alkohol endgültig seine Zunge gelockert! Einen kritischen Blick auf meinen Nachbarn werfend, seinen Maßstab kennend, in die Anfänge unserer Beziehung zurückversetzt, fühle ich seine punktgenaue Analyse der hinter uns liegenden Stunden, meines augenblicklichen Seelenzustands.

Schnell bringe ich mich hinter der Bar in Sicherheit:»Deine Überlegenheit habe ich schon immer gefürchtet, mit den ganz zufällig nebenbei erwähnten, verbalen Aufmerksamkeiten beherrschst du nach wie vor die Kunst, dein Gegenüber gewogen zu stimmen, in Vollendung, Erfahrung ist mehr denn je das Geheimnis deines Erfolgs.« »Die Psychologie ist deine wahre Meisterdisziplin«, gebe ich aufgeregt stotternd, eine Spur zu dramatisch zurück.

»Du und ich, wir blicken auf eine spezielle, bewegte Geschichte zurück, lass uns das langjährige Bestehen zumindest einer Gedankenverbundenheit feiern und das Wissen, tagsüber wie nachts der perfekte Begleiter auf dem Weg zu legendären Festen und unvermeidbarem Alltag für den anderen gewesen zu sein.«

Über viele Jahre hinweg habe ich mir immer gewünscht, mit überholten Traditionen brechen zu können, mich selbst mit abgehobenen, neuen revolutionären Ideen zu überraschen.

Hier ist die Chance, über mich hinauszuwachsen, meinen ganz persönlichen Weltruhm zu erlangen, die Ausschüttung unterschiedlichster Glückshormone zu forcieren.

Der ewig junge »Dauerbrenner« mir gegenüber spricht nun von

Mut, dem keine Grenzen gesetzt sind, von Schmelz- und Brand-
prozessen, in Form gebogenen leeren Hüllen, aber auch ausge-
füllten, eigenwilligen Erscheinungen.

Er spricht von tief verletztem Ego, nachdem ich »Angebetete«
mich aus seinem Leben geschlichen hatte, meine Beweggründe
erst nach zwei gescheiterten Ehen verstanden zu haben.

Die Gegenwart bewies ihm einmal mehr, wie zeitlos und gekonnt sich gemeinsam Vergangenheit und Zukunft vereinigen
ließen. Diese Übung gelingt nur limitierten Einzelstücken, die
wahre Werte zu schätzen wissen, sich darin bestärken, ihrem hohen Anspruch in verschiedensten Lebenslagen gerecht zu werden.
Solo sicherlich gefragt, in Symbiose äußerst wertvoll: Sein Engagement für ein himmelhoch jauchzendes Comeback beeindruckt
mich sehr!

Er philosophiert über vergangenen Zeitgeist, das männliche
Image, als treuer, aber dominanter Begleiter nach strengen Richtlinien sein Leben und das seiner Partnerin führen zu wollen. Er
berichtet von liebenswerten Puppengesichtern, die bewusst als
Objekt der Begierde in sein Innerstes vorgedrungen, um es nach
einem kurzen Blick seelenlos, verachtend zu verlassen.

Seine Angst vor einer neuen Weiblichkeit, in der Sinnlichkeit
und Selbstbewusstsein miteinander verschmelzen, die Stärke,
aber auch den Wunsch nach Anlehnung signalisiert, wird offensichtlich.

Angedeuteter Respekt vor der ablehnenden Haltung einer gewissen Hierachie, Achtung meiner authentischen Person ohne
aufgesetzte Pose und Allüren lassen mich fast an den letzten Tropfen des Glases verschlucken!

Müde und abgespannt wirkt er bei seinem Rapport von der täg-
lichen Reise durch die Welt der Schönen und Reichen, der Klugen
und Berühmten, die immer noch einen draufsetzen!

Wahre Experten ihres Fachs erfreuen sich wie er meist enormer
Beliebtheit, die Bandbreite seines Könnens lässt jeden Zeitgenossen, ob Original oder Fälschung, voll auf seine Kosten kommen.

Die Ausstrahlung des geschäftstüchtigen Visionärs schätzen unzählige Stars und Prominente, die Liste der Persönlichkeiten in seinem Gästebuch liest sich wie das Who's who der letzten 20 Jahre, ergänzt durch die prickelnde Mixtur einer zugleich verfügbaren Businessbörse. Vor mir sitzt ein angeschlagener Mythos der keiner zusätzlichen Publicity mehr bedarf. Sie alle sind seiner Faszination erlegen:»Wer auf sich hält, trinkt und feiert bei Bernd.«

Er hat in seinem Metier Geschichte geschrieben, sieht jedoch glasklar so manchen Konkurrenten als aufstrebenden Stern am Himmel aufgehen, ahnt den Trend von Tradition zur Moderne der sich auch in seiner Branche nicht aufhalten lässt.

Die Energiequelle, aus der die gleich bleibende Qualität gespeist wird, scheint auch ihm nicht unerschöpflich zur Verfügung zu stehen. Selbst erfolgreich befriedigter Ehrgeiz erfährt irgendwann seine Grenzen!

Aus zahlreichen Seminaren, Beratungen und Therapien sind mir die Probleme von Führungskräften bekannt. Bei meinem Gegenüber hat sich ein jahrelang gut funktionierender Verdrängungsmechanismus eingeschlichen. Das permanent hohe Niveau seines aufreibenden Alltags hinterließ Spuren, deutlich sind Symptome von typischen Managererkrankungen und Burnout zu erkennen. Im Morgengrauen erscheint mein Visavis restlos ausgebrannt und unfähig, die so genannten Psychovampire erfolgreich zu eliminieren. Es wäre an der Zeit, bei seinen Gästen die Spreu vom Weizen zu trennen, statt gesellschaftlicher Pflichtübung gelegentlich auch mal loszulassen. Dringend die eigenen Depots aufzufüllen, Symptomreparatur zu betreiben, würde ich ihm gerne empfehlen, das Wagnis einzugehen, sich auch selbst hin und wieder zu verwöhnen.

Das ganz spezielle Flair dieser Stunde möchte ich allerdings ungern durch ein fachliches Beratungsgespräch zerstören, folge dem instinktiven Gefühl, mich jetzt nicht mit Ratschlägen anzudienen, zumal dazu körperliche, psychische und soziale Faktoren berücksichtigt werden müssen. Ich behalte meine Weisheiten im Moment respektvoll für mich, setze die fabelhafte Idee um, ihm einen Preis für sein Lebenswerk als beliebter, engagierter »Entertainer« zu verleihen.

Positive Impulse und situative Ermutigung gehören zur Grundausstattung eines kompetenten Balancetrainers. Mit einer eiligst herbeigeschafften Trophäe, meinem edlen Füllfederhalter mit dem Gütesiegel »Made in Germany«, überrasche ich den Auszuzeichnenden. In glanzvollem Ambiente überreiche den Preis für perfekte Funktionalität und absolute Zuverlässigkeit an das Sinnbild feinen Lebensstils. Am Schauplatz der Verleihung erhebt sich ein äußerst gerührter, urbaner Zeitgenosse, der die liebevoll verabreichten Streicheleinheiten annimmt und zu schätzen weiß.

Zu »A Night to remember«, einem gefühlvollen Song, der gerade aus dem laufenden CD-Player erklingt, fordert mich der passionierte Tänzer zu einem Discofox auf, bedankt sich artig für das Geschenk. »Schließlich liegen die Wurzeln von Sprache und Schrift in einer ordentlichen Schreibkultur«, erklärt mir der glückliche Gewinner gewohnt belehrend, während wir wie auf unsichtbaren Schienen unsere Kreise ziehen. Auch hier kann man dem Routinier kein X für ein U vormachen, seine Führung, in elegante Bewegungen eingebettet, kann sich nach wie vor sehen lassen.

Von nostalgischem Charme vergangener Jahre begleitet, trifft zu wunderschönen Klängen sprühende Weiblichkeit auf fordernde Männlichkeit. Wie zwei Federn schwingend, schenken wir für einige Zeit der Musik unser Gehör, lassen mehrmals diese schöne Melodie erklingen.

Wir hören und fühlen, erleben die süße Qual der Wahl zwischen Hemmung und Revolution. Machen, die angenehme Nähe des lange »Vermissten« riechend, die eine oder andere belanglose Bemerkung. Sentimentale Gedanken vertreiben anfängliche Skepsis, alte Erinnerungen werden wach. Wange an Wange bewegen wir uns im Reich der Verführung, üben uns in der lasziven Kunst, zu enthüllen und zu verbergen. Reize offen zu zeigen, dabei jedoch dezent vorzugehen, wir wagen das ewig erotische Spiel, an dem wohl beide ihre helle Freude haben.

Ich spüre ihn sich ganz weich an meine sinnlichen Rundungen schmiegen, pure Emotionen, lange Erfahrung scheinen neue Maßstäbe zu setzen. Jeder möchte erfasst, erfühlt und erobert werden, hat sein Lieblingsstück entdeckt. Voller Leidenschaft kommen meisterlich hantierende Hände zum Einsatz, lassen keine Wünsche offen, man fühlt sich einem Spezialisten anvertraut.

In bewegten Zeiten sehnt sich jeder nach Verlässlich- und Beständigkeit, doch wer soll als Erster aufbrechen, wenn es um die Gestaltung von Zukunft geht, die Kraft, Energie und Ausstrahlung verheißt. Wir verfolgen kein geringeres Ziel, als Gefühle für das Besondere und Einzigartige im anderen zu wecken, alle Sinne sind angesprochen, werden verwöhnt, fühlen sich zu neuem Leben geboren. Weder »er« noch »ich« sehen einen Grund, uns auf geernteten Lorbeeren auszuruhen, sondern ganz im Gegenteil, finden Ansporn für den nächsten Moment.

Die Königin der Gefühle – Liebe –, lange Zeit aus unserem Leben verdrängt, kehrt mit großem, völlig neuem Auftritt zurück ins Rampenlicht, hängt wie ein schweres Parfum in der Luft. Sanft umfassen seine Hände meinen Hals, massieren zärtlich die Halswirbel, streicheln Schultern und Oberarme, packen fest meine Handgelenke. Wir beobachten fasziniert, wie perfekt sich Zurückhaltung und ungebrochene Sehnsucht ergänzen, unsere nicht mehr ganz makellosen Körper eine kostenlose, verjüngende Hormonkur erfahren.

Das Wechselspiel fordert mehr, Naturgewalten der besonderen Art, schmeichelnd entstanden zwischen Nacht und Tag, entladen sich in sanfter Morgenröte in traumhaft zarter Schönheit. Gehen auf schwarzem Ledersofa, zwischen Kaschmirdecke und bunten, glänzenden Seidenkissen, gestapelten Getränkerechnungen und nagelneuem Laptop vorsichtig eine sexuelle Beziehung ein.

Reines Zartgefühl erstrahlt, wir tauchen ein in die wunderbare Welt des Verlangens, des Begehrens, der Hingabe! Zwei Körper harmonieren blendend im Lauf ihrer Gefühlsströmungen, passen sich hervorragend dem Rhythmus des anderen an. Fantasievoll vielseitig verweilen wir dicht an dicht, erwärmt von den durch das kleine Bürofenster dringenden ersten Sonnenstrahlen, entfalten mit besten Zutaten ein Feuerwerk der Lust. Mit dem perfekten Pendant bekennen wir endlich Farbe, klassischer Tweed veredelt gewachsene Süßwasserperle, gemeinsam streben wir mit einem Prachtexemplar im Arm dem Himmelsglück und erfüllenden Gipfel entgegen. Eng umschlungen schreiten wir zur Tat, geben wir den Ring frei für die Magie der Unendlichkeit, suchen weder Anfang noch Ende, bemühen uns um den letzten Schliff.

Nach tiefem Sturz von meinem Fixstern erblicke ich unter seinen wachsamen, tiefblauen Augen wieder das Licht der Welt, Stimmungen und Empfindungen spiegeln sich in ihnen ehrlich und passend wider.

Verwundert über unsere außergewöhnliche Kondition, den Ausflug in die Königsklasse stellen wir fest, dass wahre Liebe nicht zu besiegen ist, ihr Feuer bis in die Ewigkeit brennt.

Das anbrechende Tageslicht kann die starke Verbindung optimal zur Geltung bringen, Mann und Frau stehen im Zentrum, ließen alles geschehen, sind wieder gespalten nach geglückter Vereinigung zu einem Element.

Würdevoll haben wir die richtige Wahl getroffen, unserer erstarrten Beziehung neue Facetten verliehen, verwandelten uns in zwei funkelnde Gebilde, die zur Vollendung gelangt. Im Vordergrund stand das »Paar«, dessen Liebe, obwohl viele Jahre zurückliegend, unversehrt geblieben ist – so als hätten wir uns erst gestern voneinander verabschiedet.

War unser erstes gemeinsames Frühstück seinerzeit schlicht wie unser damaliges Budget, serviert man mir heute Champagner, frisch aufgebackene Croissants und exotische Früchte an das improvisierte Liebeslager.

In der zweiten Lebenshälfte benimmt man sich ja bekanntermaßen eher zurückhaltend, aber Glück und Freude gewinnen gelegentlich auch über 50 noch die Oberhand. Gegenseitig bescheren wir uns gerne den exklusiven Gaumengenuss, wispern uns Zauberworte ins Ohr, gehörig fliegen die Funken, wir schwingen uns zu neuen Höhen auf. Der Abschied steht bereits vor der Tür, der graue Alltag im Rahmen, als die tickende Zeitbombe erneut explodiert.

Allzu gerne werden wir nochmals schwach, verschieben bevorstehende Sorgen, schaffen Platz für eine neue heiße Versuchung. Bevor wir endgültig auseinander gehen, versprechen wir uns hoch und heilig die erwünschte Wiederholung dieses außergewöhnlich schönen Ereignisses. Der smarte Ladykiller scheint schon längst nicht mehr in Amt und Würden, für keine abwechslungsreichen Abenteuer mehr zu haben, zu Beständigkeit bereit.

Auf dem Weg zur Anlegestelle verabreden wir ein Treffen spät nach dem Ball, kein Wunder, dass wir uns mit der Aussicht auf ein verschwiegenes Rendezvous erneut voneinander angezogen fühlen. Das verlockende Angebot den golden aufgehenden Tag hautnah miteinander zu verleben, lässt mich angestrengt grübeln, jedoch zweifelnd dagegen entscheiden.

Tapfer betrete ich das leise herangeglittene Schiff, während die Morgennebel über dem aalglatten See aufreißen, dünne Sonnenstrahlen blinzeln, fahre ich, lange eifrig winkend, dem anderen Ufer entgegen. Die aufsteigenden Tränen verursachen einen dicken Kloß im Hals, würgen geplante Abschiedsgrüße und Liebesschwüre, die bei Tageslicht nicht zugelassen, nur dem Mondlicht vorbehalten, vorzeitig ab.

Die morgendlich kühle Herbstluft drängt sich durch leichte Ausgehklamotten in jede zur Verfügung stehende Zelle. Tröstet mich mit dem Anblick der noch geräuschlosen, friedlichen Mutter Natur.

Um diese Uhrzeit nimmt kaum jemand die Dienste der Tegernseer Schifffahrt in Anspruch, der gesamte Landkreis scheint noch zu schlafen. Verkehrs- und Gemeindeämter, Banken und Sparkassen sind heute sowieso geschlossen, Einzelhandel, Hotels und Gasthäuser der Region bereiten sich im Spätherbst geruhsam auf ihren Einsatz vor.

Mein Blick schweift über leicht im Nebel liegende Berge und grüne Wiesen. Laubbäume, die sich ihres Herbstkleides schon entledigt haben, spiegeln sich im Wasser. Neugierig lasse ich mir keinen Eindruck entgehen, werde entführt in geologische Wunderwelten. Die Faszination der Natur beruhigt sanft meine aufgewühlte Seele. Dieser Ort ist in vielerlei Hinsicht ein wahres Schatzkästchen.

Nachdenklich, Distanz zu den eigenen Wünschen suchend, laufe ich nach dem Ausstieg über die Landebrücke am Ende des Stegs direkt meinem neuen, alten Liebhaber in die Arme.

»Es gibt Männer, die sammeln Autos, ich fahre lieber damit«, begrüßt Bernd mich lächelnd, deutet auf ein am Straßenrand geparktes Schmuckstück und drückt mir eine gelbe Rose in die Hand.

Ich vermute einen höchst rasanten Fahrstil, er konnte nur mit hoher Geschwindigkeit durch die Kurven gerauscht sein, ähnlich dem 24-Stunden-Rennen auf dem Nürburgring, um mich hier bei der Ankunft am Steg in Empfang zu nehmen.

»Zur Erinnerung an süße Sünden, Hand aufs Herz: Wer kann schon so eine wunderbare Geschichte erzählen?« In einem Augenwinkel schimmert es verdächtig, belegt, um einen würdigen Ton bemüht, fährt seine Stimme fort: »Ein Hoch auf die Macht des Vertrauens! Unsere Lebensspanne ist dieselbe, gleich ob wir sie lachend oder weinend verbringen. Als wir uns kennen lernten war das Leben klar, Kirchen voll, Arbeit gab es für alle genug. Heute existieren wir nur noch im Dschungel, einem einzigen Rätsel, verdrängen die verworrene Wirklichkeit. Mit unsrer Wandlung haben wir eine wichtige Voraussetzung geschaffen, dem Glück eine verdiente zweite Chance gegeben!« Ein Anflug von Zynismus in seinen Worten entgeht mir nicht!

Sprachlos setzen wir uns auf ein wackliges Bankerl, über das eine uralte Linde schützend ihre Äste hält. Um diese Zeit verirrt sich noch kein Mensch hierher, die übernächtigten Gestalten genießen zunächst schweigend, Händchen haltend die letzen Momente ihrer Zweisamkeit.

Mit dem Fazit, erst nach einer Achterbahnfahrt der Emotionen vorläufige und endgültige Gefühle trennen zu können, dass man niemals andere Menschen, nur sich selbst verändern kann, jede egoistische Einmischung verschwendete Energie bedeutet, Visionen zur Realität werden können, gestehen wir uns nun endlich den dringend benötigten Erholungsschlaf zu und gehen ungern getrennt unserer Wege.

TODMÜDE KOMME ICH DANN ZU HAUSE an, möchte mich nur noch in eine Decke einkuscheln und schlafen, viel schlafen.

Erwartungsgemäß herrscht im Haus absolute Stille. Unser Sohn, an gemeinsamen Urlaubstagen mit seinen Eltern nicht mehr interessiert, hatte bereits gestern Abend die Heimreise angetreten. Zu oft war er unbewusst und total unschuldig ins Visier irgendwelcher Streitigkeiten geraten, wurde aus nichtigem Anlass negativ zum Thema gemacht.

Absolut verständlich wollte er seine Freizeit weder mit einem anklagenden Vater noch mit einer verteidigenden Mutter zubringen, als Index unserer Ehe fühlte er sich zu Recht fehl am Platz und missbraucht.

Mein Mann schlummert tief und fest wie ein Murmeltier, lautes Schnarchen dringt zu mir ins Erdgeschoss.

Für ihn ist es bedauerlich, dass die Natur uns Menschen keinen Winterschlaf zugedacht hat.

Aber nicht nur in der Winterzeit, wenn es kalt, dunkel und ungemütlich ist, sind unsere Bedürfnisse und Gewohnheiten nach Nachtruhe verschieden.

Ich stehe morgens gerne früh auf, wenn auch nicht immer erholt und ausgeruht, starte ich fröhlich und vergnügt in den Tag.

Naht der Abend, baue ich natürlich eher ab, liege meist schon in den Federn, während er noch lange vor dem Fernseher sitzt. Mein Mann ist ein ausgesprochener Nachtmensch, blickt morgens mit kleinen, verquollenen Augen in die Welt und kommt nur langsam in die Gänge. Erst zur Geisterstunde dreht er richtig auf, geht gerne sehr spät zu Bett.

In unseren Schlafgewohnheiten sowie auch in anderen Lebensbereichen sind wir zwei grundverschiedene Typen.

In der ersten Verliebtheitsphase verursachten die Unterschiede noch keine Probleme. Aber später, im Alltag fiel das Tolerieren schwerer, wir behinderten uns häufig, anstatt zu entspannen.

Im Moment bin ich sehr dankbar für seinen speziellen Biorhythmus und schleiche in mein Zimmer. Der erschöpfte Körper benötigt dringend eine Ruhephase, um neue Kraft zu sammeln. Das Gehirn kann in wachem Zustand unmöglich die Fülle von Eindrücken und Reizen der vergangenen Nacht aufarbeiten. Mit dem Wunsch, erst wieder zu erwachen, wenn der Schnee schmilzt und die Vögel dem Frühling entgegenzwitschern, schlafe ich ein.

Über schwierige Entscheidungen sollte man mindestens eine Nacht lang schlafen, am Morgen sieht alles viel klarer aus, hoffe ich.

Die Rücksichtnahme meiner Umwelt habe ich jedoch gründlich unterschätzt, manche Menschen halten Schlaf wohl für vergeudete Zeit und pure Verschwendung.

Völlig schlaftrunken vernehme ich das Klingeln des Telefons, fühle mich mit der Annahme dieses Gesprächs aber restlos überfordert.

Der Körper meines Mannes hingegen scheint schon einigermaßen regeneriert, ich höre das Quietschen seiner Zimmertüre, er ist auf dem Sprung zum Telefon. »Liebe ist: wenn man den anderen schlafen lässt«, denke ich bei mir und drehe mich zur Seite.

Ungestörter, ausreichender Schlaf ist mir heute allerdings nicht vergönnt.

Ich höre, wie er in der Küche hantiert, und werde kurze Zeit später schroff an den Tisch im Esszimmer zitiert.

Zu meinem zweiten Frühstück an diesem Tag dampft der Kaffee bereits in den Tassen, warmer Toast liegt auf dem Teller bereit.

Ich erwarte neugierige Fragen bezüglich der vergangenen Nacht, kaum habe ich den ersten Schluck aus der Kaffeetasse genommen, poltert er los.

Die Brisanz des vorgetragenen, jedoch völlig unerwarteten

Themas macht mich schlagartig hellwach, mir bleibt nichts anderes übrig, ich leide still.

Während des stattgefundenen Telefongesprächs habe eine unserer Mitarbeiterinnen, mein angeblich stets bevorzugt behandelter Liebling, ihre mündliche Kündigung ausgesprochen und angekündigt, sich selbstständig zu machen, erfahre ich aus vorwurfsvollem Munde.

Mir dämmern sofort Zusammenhänge zwischen ihr und dem abgesprungenen Lieferanten, mein Mann war wie so oft mit seiner unbedachten Art ins offene Messer gelaufen.

Der Umgang mit der jungen, sehr verkaufstalentierten Kraft bedeutet für uns und alle Mitarbeiter stets eine Gratwanderung, für jeden einen anstrengenden Balanceakt.

Jedes Wort muss auf die Waagschale gelegt werden, hinter jedem Gespräch vermutet sie eine Verschwörung. Stets sind alle bemüht, auf sie einzugehen, die stolze, ihrer in Deutschland lebenden, dennoch eng mit der griechischen Heimat verbundenen Familie treu ergebene Person bei Laune zu halten.

Jedermann selbstverständlich unterlaufende Fehler verzeiht sie weder anderen noch sich, rückt sich gekonnt, oft intrigant, in den Mittelpunkt. Mehr als einmal litt das Klima unter ihren unangenehmen Sticheleien, durchschaubaren Lügen. Jedes Mittel wird eingesetzt, um im rechten Licht zu stehen. Ungereimtheiten sachlich aufzuklären ist nicht ihre Art, solche Gespräche verlaufen meist ohne Erfolg schnell sehr negativ, emotional.

An die betroffenen Kollegen appelliere ich, stets mit Nachsicht und großzügig mehr auf Stärke denn auf die Schwäche im Team zu achten.

Mit großer Mühe und erforderlichem Fingerspitzengefühl gilt es immer wieder, ihre Beschwerden, zweideutigen Bemerkungen und beleidigte Mienen aufzuklären. Dass, wo gehobelt wird, auch Späne fallen, will nicht in ihren Kopf, lässt ihre Wut auf »alles« und den »Rest der Welt« hochkochen.

Trotz aller Integrationsversuche ist das sensible, kulturelle Gefüge hie und da aus den Fugen geraten, liegt es immer wieder an uns, die vergiftete Atmosphäre zu entlüften. Zur gründlichen Bereinigung der Luft fehlt jedoch die Bereitschaft der auslösenden Partei.

Nun war für die tüchtige, verlässliche Kraft ihrer Meinung nach die Stunde der berechtigten Rache gekommen, in rotzigem Ton hat sie meinen Mann am Telefon über die Eröffnung ihres eigenen Geschäfts mit Wohn- und Geschenkaccessoires informiert. Bestens ausgestattet mit dem Know-How unserer jahrelangen Erfahrungen und Geschäftsverbindungen, lässt sie sich als Konkurrenz in neu gestalteten Räumen nieder, ein Teil ihrer Kollegen und wir bleiben mit einem Scherbenhaufen zurück.

Ein Rückruf bei besagtem Lieferanten bestätigt den neuen Vertrag, wir sind aus dem Rennen. Gutgläubig und naiv haben wir, wie schon manch anderer Kollege vor uns, einer ernst zu nehmenden Konkurrenz den Boden bereitet, den Weg geebnet.

Die freie Marktwirtschaft vergrößert selten den Kuchen, verkleinert lediglich die Stücke.

Rigoroses Profitstreben, die Gier nach vermeintlichem Gewinn treibt zunehmend Menschen in den Ruin. Leben und leben lassen, diese wichtige Erkenntnis scheint nur noch als weiser Spruch in der Erinnerung gültig, in der Vergangenheit praktikabel.

Auch die Worte, dass der, welcher anderen eine Grube gräbt, selbst darin umkommt, können mich im Moment nicht trösten.

Mit versteinertem Blick auf Aprikosenmarmelade, Honig und Nutella erleben wir unseren eigenen Kampf der Kulturen, hegen manch bangen Gedanken im Hinterkopf.

Spontan wünsche ich mich an die Stelle meiner Mutter. In solchen Momenten beneide ich sie um ihr sorgloses Hausfrauendasein: Fürs Grobe und die böse Welt außerhalb ihrer vier Wände ist schließlich mein Vater zuständig.

Ich bin es endgültig leid, von meinem Mann immerzu in dieselbe Rolle gedrängt zu werden, ständig auszubügeln, was ich selbst nicht verursacht und wohl kaum hätte verhindern können.

Verzweifelte, sofortige Lösung erwartende Blicke treffen mich unentwegt vom anderen Ende des Tisches, brennen auf meiner Brust.

Guter Rat, bekanntlich teuer, jetzt dringend nötig, ist aber in Anbetracht der prekären Situation kaum aus dem Ärmel zu schütteln.

»Morgen ist auch noch ein Tag!«, beende ich trotzig dieses kurze Gespräch und möchte mich wieder zurückziehen. Auf sein energisch eingelegtes Veto bestätige ich selbstverständlich, dass wir alle einer ungewissen Zukunft entgegengehen.

Man kann alles verlieren: seine Heimat, sein Kind, seinen Mann, seine Existenz!

Aber trotzdem glaube ich im Gegensatz zu ihm daran, nie unterzugehen, will nie aufgeben, alles überleben.

Nein, feige bin ich nicht, an meiner Seite hätte der richtige Mann »ein Jahrhundert in die Schranken« gefordert. Stattdessen wurde geträumt und gehofft, große Worte fielen, man lief gegeneinander kämpfend dem Untergang entgegen.

Mit mir Schritt halten würde allerdings auch nur ein besonderer Mann können, dämmert es schlagartig. Scheint unmöglich für eine Person, die ihren »Allerwertesten nie hoch kriegt, stets den Part der grauen Eminenz im Hintergrund übernimmt, die regelmäßig zu Gunsten der eigenen Person beurteilt, bewertet und kritisiert«.

»Wer nichts macht, kann auch nichts falsch machen, sollen doch die anderen die Kohle aus dem Feuer holen, war stets deine Devise«, halte ich meinem finster dreinblickenden Ehegesponst vor.

Rien ne va plus – nichts geht mehr!! Eindeutige Gesten unterstreichen den Satz, fluchtartig verlasse ich den Raum.

Auf dem Weg zu meinem Bett frage ich mich, wieso es mir nie gelungen ist, dieses Dornröschen aus seinem Schlaf zu erwecken. Das bis heute von seinen Eltern gut behütete, weltfremde Kind tut mir fast schon wieder Leid. Nie war es ihm gelungen, Vertrauen in seine eigenen Fähigkeiten zu entwickeln, er ist ein Traumtänzer geblieben, der sich, wenn ein Gewitter naht, am liebsten unter die Decke verkriecht und am sicheren, warmen Ort ängstlich abwartet, bis der Sturm abgezogen ist, danach erwartet, dass man Beifall klatscht!

Einen zentnerschweren Klotz am Bein mitschleppend, schlurfe ich über die Holztreppe ins Obergeschoss, weigere mich gedanklich vehement, mit einem Typen durchs Leben zu gehen, der ständig neben der Spur läuft, wünsche mir tatkräftige Unterstützung.

»Europa tanzt am Tegernsee«, so lautet in diesem Jahr das Motto des Galaabends anlässlich des internationalen Treffens ehemaliger Hotelfachschüler.

Der absolute Höhepunkt des Treffens rückt in greifbare Nähe, Gäste aus aller Welt, Hoteliers, Gastronomen, Damen und Herren aus Politik und Wirtschaft werden wieder erwartet.

Geboten wird ein Festprogramm mit vielen Überraschungen, Abendgarderobe versteht sich von selbst.

Wer die Wahl hat, hat die Qual! Wie viele meiner Artgenossinnen sicherlich auch bewegt mich die zentrale Frage, stehe ich nach Einbruch der Dunkelheit vor der Entscheidung, was ziehe ich an, womit verschaffe ich mir eine Eintrittskarte in die feine Gesellschaft?

Nach einigem Hin und Her und in Anbetracht einer sinnlichen Verheißung bin ich sicher mich in einem extravaganten, verführerischen Qutfit zeigen zu wollen.

Ich trage ein langes, figurbetontes schwarzes Kleid, es sitzt wie eine zweite Haut. Das raffinierte Spitzendekollete verleiht dem edlen Traum aus Georgette die modische Würze, zeigt Schultern zum »Anbeißen« schön.

Gelungenes Make-up, ein bisschen Schmuck, passende Schuhe, fertig ist die bezaubernde Schöne der Nacht.

Eitel bewundere ich, mich drehend und wendend, mein Spiegelbild. Seit Jahren in der Liga »Leichtgewicht« erfolgreich kämpfend, treibe ich regelmäßig Sport, fühle mich auch mit 50 noch attraktiv genug, in der Rolle des Vamps das Interesse eines Mannes auf mich zu lenken, vielleicht sogar seine Liebe zu gewinnen.

Von dem vagen Gedanken: »Was wäre wenn?«, »Man weiß ja nie, wie der Abend enden wird!« getragen, bereit, die wohl nie endenden Sorgen gegen ein paar beschwingte Stunden einzutauschen, mache ich mich mit einem gekränkten Mauerblümchen an meiner Seite auf den Weg zum Ball.

Aus Kostengründen findet dieser erstmals seit Jahren wieder in den Räumlichkeiten des Jod- und Schwefelbades statt, die unserem Verein vom hiesigen Bürgermeister ohne Mietzins überlassen werden. Freundlich begrüßt uns das Gemeindeoberhaupt! Nach einer bewegenden Ansprache, ganz im Zeichen der schwierigen Zeit leerer Kassen, und vielen Erinnerungen an tausende, junge, lebensfrohe Hotelfachschüler und ihre enorme Kaufkraft, die dem Tal seit Jahren fehlt, starten wir in den feuchtfröhlichen Abend.

Mit gutem Essen, erlesenen Weinen stimmen wir uns in liebevoll mit Kerzenlicht, Herbstlaub und Rosenblättern, dekorierter Atmosphäre ein, genießen ausgiebig unser fröhliches Beisammensein.

Wir feiern eine rauschende Ballnacht mit vielen Attraktionen, durch das gelungene Fest führt humorvoll wie immer unser langjähriger Präsident. Eine flotte Band heizt uns kräftig ein, während wir begeistert das Tanzbein schwingen.

Abkühlung verspricht nach alter Tradition das Traum-Eis-Büfett einer namhaften Firma, an dem sich schnell eine Schlange von Menschen bildet, die ausnahmsweise mal nicht auf ihren Kalorienverbrauch achten.

Mit allerhand Flausen im Kopf mische ich mich ausgelassen unter das feiernde Fußvolk, lausche in Champagnerlaune dem elitären Ballgeflüster, beobachte schmunzelnd professionell sportliche Akteure, die wild flirtend bezaubernde Szenen präsentieren.

Die»Ehemaligen« der einstmals berühmten Hotelfachschule halten in diesen turbulenten, feuchtfröhlichen Stunden ihr zu tragendes Päckchen fest verschnürt, widmen sich mit Esprit und Eleganz der Sonnenseite des Lebens. Während ihrer Ausbildung erhielten sie hier das Rüstzeug, eine solide angelegte Basis zur Ausübung ihres Berufs. Suchten und ergriffen: Offenheit, Mut und Leistungsbereitschaft vorausgesetzt, *gestern* wie *heute* ihre persönliche Chance.

Zu vorgerückter Stunde entführt ein alter Weggefährte meinen Mann an die Bierbar, ich gebe vor, mir stockt der Atem, mit anderen Bekannten ein Haus weiterzuziehen.

Erwartungsvoll, auf hochhackigen Pumps ungeschickt über gepflasterte Wege stöckelnd, tipple ich einsam durch die kalte Oktobernacht. Auf dem »kurzen Weg zum vermeintlichen Glück« verlangsame ich irgendwann meinen Schritt. Aufkommende Befürchtungen über mein beabsichtigtes Tun lassen sich kaum mehr zerstreuen. Pro und Contra argumentieren abwechselnd in meinem Kopf, veranstalten einen aussichtslosen Krieg angespannter Nerven.

Ausreden, fadenscheinige Vorwände, den anderen in die Pfanne zu hauen, moralische Werte im Hinblick auf eigene Unglaubwürdigkeit scheinen wie der blanke Hohn.

Es wäre sehr einfach, ja zu sagen und überzulaufen, ja bitte, es wäre an der Zeit, neue Wege zu gehen, ja, für eine kluge Frau ist dieser andere Mann nicht das Problem, sondern die Lösung.

Nein danke, ich muss erst meinem Partner die Wahrheit vermitteln, genau das ist der Punkt weshalb wir jetzt ein weiteres Problem haben, sein Selbstbetrug und seine Wichtigtuerei. Nein, es ist meine Pflicht, nur noch diese *eine* Krise mit ihm zu bewältigen.

Meinung zu äußern ist ein Grundrecht, es ist legitim zu reden, aufzuklären, Verständnis zu wecken, Kommunikation ist alles.

Ich kann nach 20 Jahren nicht einfach so gehen …, ihn im Stich lassen, er wüsste nicht mal weshalb.

Mein Herz protestiert empört, aber der Kopf stimmt zu, ich sollte retten, was zu retten ist.

Einerseits müsste er selbst zusehen, wie er klarkommt, soll er doch die Feuerwehr, das Technische Hilfswerk oder den Katastrophenschutz bemühen, andererseits, bittend um eine neue Chance, schwor er heute Morgen, sich verändert zu haben, ein Mann geworden zu sein, auf den man zählen konnte. Aus diesem Bruch würde er den Schluss ziehen, dass mein Charakter egoistisch verkorkst ist, würde zu der Überzeugung geraten, dass alle Frauen unzuverlässig sind. Dieses Erbe will mein Ego nicht hinterlassen, vertrauend auf in Sand gebaute Sätze, erliege ich erneut meinen eigenen, unumstößlichen Regeln.

Eine violette Leuchtreklame, klein aber fein, jedoch weithin zu sehen, prangt mir nach ein paar hundert Metern richtungweisend entgegen.

Die kunstvoll gestaltete Eingangstür erscheint mir wie ein Floß zur rettenden Insel, wie der Zugang zu einer geheimen Bucht. Nichts ist unmöglich!

Im spärlich erhellten Büro hantiert ein vergnügt pfeifender Mann, wirkt total versunken in wichtige Aktion, vorzubereiten, was »einmalig« und »unvergesslich« werden soll.

Sein Handeln signalisiert Romantik, Liebe, Lust und Leidenschaft, ihm sind sie bekannt, die Riten unserer Kultur, die einfachen Wege zum Glück, der Anspruch von Liebe und sexuellem Begehren.

Ich sehe gut und ahne manches in nächtlicher Eleganz auf meinem zugigen Beobachtungsposten!

Niemand vermutet mich an dem kleinen Fenster, achtet auf die unschlüssig verzagte, verheulte Person. Niemand ahnt ihre grenzenlose, stumme Trauer.

Gleichgültig wie ich mich im nächsten Moment entscheide, die Wahl zerreißt mir bestimmt das Herz, die verschmähte Alternative raubt mir bereits jetzt den Verstand.

Frierend, mit einer brennenden Zigarette in der Hand gönne ich mir, vor dem denkmalgeschützten, wie im Holzbalken des Dachgiebels zu lesen ist, bereits 1818 erbauten Haus einige Minuten des Abschieds.

Als das Licht im Büro des behäbigen Anwesen gelöscht wird, male ich ein großes, in der Dunkelheit eher verunglücktes Herz an die Scheibe. Mit dem teuren, fast nagelneuen Lippenstift ziehe ich meine Lippen nach, drücke einen Kuss ans Fenster und schreibe: «I love you» daneben.

Vorsichtig, mich hinter ankommenden Gästen versteckt haltend, werfe ich einen letzten Blick auf das geliebte Gesicht. Umwerfend männlich, wie ein Fels in der Brandung steht er gelassen an seinem Platz. Noch durch die ins Schloss fallende Tür spüre ich seine zurückgekehrte alte Stärke, seine Kraft, seinen Willen. Mit seinem Charisma wird er alles überleben, auch mich!!

Er hat seine Burg, seine Gäste, seine Mitarbeiter und vor allem sich selbst, wird sich weder verirren noch verlieren, Beruf und Leben bilden für Bernd eine Einheit.

MIT ITALIENISCHEN KERZEN-DESIGNS, zum Anzünden fast zu schön, exklusiven Wohnkultur-Objekten, luxuriösen Lederprodukten für die Reise, hochwertigen, zeitgemäßen Heimtextilien, stilvollen Accessoires zum Verschönern der eigenen vier Wände und zauberhaften Geschenkideen verdienen wir seit Jahren unser Geld. Stück für Stück gewannen wir eine Nobelmarke nach der anderen dazu und erfreuen uns einer anspruchsvollen, teilweise sehr treuen Kundschaft. Zwischen 10.00 und 19.00 Uhr sind die Pforten zu unserem kleinen Königreich geöffnet, laden ein zu einem Streifzug in die Welt der schönen Dinge, zum Bummeln, Staunen, zur Inspiration. Mitarbeiter und Kunden sollen sich wohl fühlen in dieser Aura, den Hauch von Harmonie und Luxus in der Luft verinnerlichen.

Auf den ersten Blick scheint der Verkauf in dekorativer, exklusiver Umgebung leicht und locker, doch dieser Eindruck trügt, wie so oft: Tatsächlich gehört zum Erfolg hier vor Ort viel mehr.

Besonders jetzt, in der Zeit der einkehrenden Stille, dem Übergang vom späten Herbst zum dunklen Winter, wenn die Tage kälter, grauer und kürzer werden, ist äußerste Sensibilität im Umgang mit dem Käufer angesagt. Die Stimmung reicht von leicht depressiv bis zu Tode betrübt, überschwänglich, egozentrisch, genervt bis vernachlässigt.

Im Laufe der Jahre lernte ich, bereits durch den ersten Eindruck, intensive Beobachtung die Gemütslage des Eintretenden zu erfassen. Innerhalb des Erstinterviews – ich höre genau zu – erfahre ich, welche Symptome und Beschwerden liegen vor? Wo und wie ist der Patient bisher behandelt worden, welche Erklärungen gibt es?

Von Stammkunden ist mir bestens bekannt, mit welchen

Ereignissen sie in den letzten Jahren konfrontiert wurden. Beruf, Partnerschaft zwischenmenschliche Beziehungen werden mir täglich, ob ich möchte oder nicht, zwischen Seidenstoffen und Brokat auf dem Silbertablett präsentiert.

Zukunftsperspektiven, welche Form der Konfliktverarbeitung im sozialen oder familiären Bereich wurde gewählt, warum wurde so und nicht anders reagiert, welche Konzepte werden gerade in dieser Familie seit Generationen praktiziert? Ich *darf* es wissen, ungefragt, wie selbstverständlich wird mir alles aufgeladen.

Habe ich ausgiebig, kontinuierlich ermutigt, gelingt mit ein bisschen Glück vielleicht die erwünschte Medikation.

In der Hoffnung auf positive Auswirkungen ersteht man dann gelegentlich eine teure, eigentlich überflüssige Kostbarkeit als Balsam für die Seele. Wo bliebe der Konsum, wenn der Mensch keine Probleme mehr hätte, habe ich mich mehr als einmal gefragt. Begleite ich die »Beglückten« bis zur Türe, höre ich noch von Diätmaßnahmen, Entspannungsverfahren und persönlichen Zielen.

Wen wundert, dass innerhalb von zwanzig Geschäftsjahren, mit unveränderten Bräuchen und Gewohnheiten nach regelmäßiger 6-Tage-Woche, mäßigem Urlaub, ständigem Drahtseilakt zwischen Firma und Familie die Akkus irgendwann leer waren?

Plötzlich passte nicht mehr alles unter einen Hut, ich sehnte mich immer mehr nach einer Stunde für mich allein, ohne jeglichen Termindruck.

Mit dem Wissen um ständig auf Biegen und Brechen abgeforderte Unterhaltung und Motivation für Mitarbeiter und Kunden, das Verkaufsprodukt zwar schätzend und liebend, die angespannte, rückläufige Situation im Einzelhandel ständig vor Augen, entschied ich mich zum langsamen Rückzug.

Die innovative, hoch engagierte, griechische Diva weihte ich über Monate in sämtliche Geheimnisse ein. Klärte sie auf über Menschen, die Befindlichkeiten und Interessen anderer nicht sehen, ewige Nörgler, Besserwisser und Pessimisten. Mein Vertrauen schmeichelte ihrem Ego, mit Schwung und Temperament begegnete sie langweiligen Gesprächspartnern und langatmigen Berichten.

Ihr vermeintlich überschaubares Wesen, gewachsene Freude an Kunst und Kultur unterstützten meinen Schritt, trotz homogenem familiären Umfeld und Traditionsbewusstsein, identifizierte sie sich offensichtlich mit unserer Lebensart. Mit meinem Hang zu allzu großem Harmoniebedürfnis, und deswegen oft nicht nein sagen beziehungsweise nicht durchgreifen zu können, übersah ich geflissentlich schnell aufkommendes Konkurrenzdenken und Neid unsrer schöner Helena, über Nacht wurde ich zum chancenlosen Buhmann abgestempelt.

Bei jeder sich bietenden Gelegenheit buhlte sie mit mir energisch um die Gunst der Kunden, zeigte wenig Respekt gegenüber vorsichtig geknüpften, langjährigen Beziehungen, fühlte sich unberechtigterweise oft ins Abseits gedrängt. Konnte der Versuchung nicht widerstehen, Kollegen und meinen Mann zu attackieren.

Sehr schnell begriff ich, dass sie sich in ihrer Rolle manchmal selbst nicht ausstehen konnte. Aufgerieben im Umgang und der Bewertung unterschiedlicher Kulturen, sah sie dann rot.

Eine Besitz ergreifende Familie im Nacken tat ihr Übriges, man erkannte enorm zunehmenden Bezug zum Geld, extrem abnehmenden zum Inhalt der Tätigkeit.

Um alles was Energie kostet und nichts bringt, mache ich gern einen großen Bogen. Mich ganz auf meine neue Entwicklung konzentrierend, überließ ich ihr im Glauben an das Gute im Menschen, Tugend und Gerechtigkeit, moralische Verpflichtung, abgestimmt mit meinem Mann, als »Geschäftsführerin« das bestellte Feld.

Auf die Überraschung, in der bevorstehenden Advents- und Weihnachtszeit, beschäftigt mit Dekoration, Adventskranz und weihnachtlichen Präsenten, wieder an meinem alten Platz agieren zu müssen, bin ich nicht vorbereitet.

Während ich bemüht bin, alles zu zeigen und anzubieten, was

zu einer erfüllten Vorweihnachtszeit gehört, spaltet sich das kleine Unternehmen in zwei Lager.

Einige Ratten verlassen das vermeintlich sinkende Schiff, melden sich, zur Konkurrenz überlaufend, unter fadenscheinigem Vorwand krank, der anhängliche, desillusionierte Rest unterstützt nach bestem Wissen und Gewissen.

Tiefe menschliche Enttäuschung, Sorge um den eigenen Arbeitsplatz begleiten das verbliebene, bemühte Duo von früh bis spät im Dezemberstress.

Mein Mann, tief getroffen und beleidigt, einer solchen psychischen Anspannung nicht gewachsen, reagiert wie immer in solchen Situationen extrem empfindlich über die Haut.

Beruhigende Salbe und Bestrahlung sind unumgänglich, das verletzte Reh zieht sich gekränkt und beleidigt zurück, delegiert den entstandenen Druck wie üblich an mich weiter. Verpackt seine Nöte in polierte Stiefel, stellt diese täglich unübersehbar vor der Türe ab!

Die persönlichen Vorbereitungen auf das Weihnachtsfest verdränge ich aus meinen Gedanken, versuche mit Abwechslung, der gemütlichen, anheimelnden Atmosphäre

beim Gang über den Weihnachtsmarkt, Herr der Lage zu werden. Kindliche Freude beim Blick auf Lichter und Kerzen, auf duftende Leckereien wie Glühwein, Plätzchen und Stollen dienen zur Abwehr und Beschwörung böser Kräfte.

Der historische Schlossplatz unserer schönen Stadt eignet sich bestens als Kulisse für die in einheitlichem Blau und orientalisch geprägtem Stil gehaltenen Buden, präsentiert im Herzen der Altstadt festliche Orgelmusik der Marktkirche, geschmückte Weihnachtstanne und beleuchtete Sternschnuppen. Wolken aus Wein- und Zimtduft wehen durch die Gassen, emsige Händler verkaufen Bethmännchen und gebrannte Mandeln neben Krippenspiel und Glockengeläut.

Parallel dazu wird im Kurpark eine große Eisfläche aufgebaut. Das Kurhaus und der Platz selbst erstrahlen während der gesamten Zeit in besonderem Licht, nicht selten drehe ich dort, auf ausgeliehenen Schlittschuhen, zu »White Christmas« und »Jingle Bells« meine Runden, gefangen vom Zauber des Weihnachtswunderlands, freue mich mit vielen anderen sportlichen Akteuren über ein Stück Wintermärchen in der Stadt.

Weder Christkind, Weihnachtsmann noch Nikolaus oder sonst ein himmlischer Beauftragter wissen jedoch Rat im Umgang mit dem jeweiligen besonderen Anliegen ihrer vielen Besucher.

Diese haben teilweise ihren Ursprung in Verhalten und Reaktion auf unfreundliche Zeitgenossen, unterschiedliche Vorstellungen, zu verarbeitendes Leid.

Ich selbst bin unterwegs mit ausgerissenem Herzen, fühle mich frisch amputiert, versorge ständig eine große, nicht heilen wollende, blutende Wunde. Suche ständig nach Pflaster und Verband.

Zu Hause schleichen Mann und Frau umeinander wie die Katze um den heißen Brei, in der Hoffnung, das Leben sorge früher oder später für den gerechten Ausgleich, weil niemand mit gutem Gewissen ernten kann, was ein anderer fleißig gesät.

Leisen Vorwurf, gemischt mit klagendem Selbstmitleid weise ich schroff zurück, decke unnachgiebig Fehler und Mängel auf, erkläre Dutzende schmerzende Beispiele.

Seiner entschuldigenden Stellungnahme ist klar zu entnehmen, dass er wie immer auf große Worte keine Taten folgen lassen wird, lebt weiter mit der Aussicht: »*Der Mensch wäre lieber gut als roh, doch die Verhältnisse sind nicht so!*«

Brauchbare, versöhnliche Hilfe, ehrliche Verbündete finde ich lediglich im Kreis meiner ehemaligen Mitschüler an der Akademie. Die Teilnehmer treffen sich regelmäßig als Gruppe zur Supervision, stellen ihre Beratungsfälle vor, besprechen diese mit Kollegen und dem Leiter. Gleichzeitig werden Selbsterfahrung und Vertiefung einiger praktischer Tätigkeiten für die Beratung integriert.

Sichtlich aufgeregt trage ich den Fall vor, dokumentiere ausführlich den Ablauf des Geschehens.

Anschließend diskutieren wir Fragen zur Erkennung eigener Stärken und Schwächen, der Selbst- und Fremdwahrnehmung. Sehen uns im Zeitalter der Globalisierung mit einer wachsenden transkulturellen Herausforderung konfrontiert. Das Verstehen der Unterschiede sollte Anliegen beider Parteien werden und nicht weiter einseitig bleiben.

Die Entwicklung einer kulturellen Sensibilität, Toleranz in Verhalten, gegenüber Menschenbild und Kultur stellt uns vor eine schwierige Aufgabe.

Im Sog dieser raren Stunden erscheint mitunter ein heller Morgen, nach dunkler Nacht, entsprechende Lektüre entführt mich langsam wieder in meine eigene, unantastbare Welt.

Aufmerksam, bewundernd höre ich von ersten Erfahrungen und kleinen Erfolgen einiger Seminarteilnehmer in ihrer neuen Tätigkeit als Konflikt- Gesundheits- und Familienberatung.

Nach 20jähriger, kostenloser psychologischer Beratung meiner Kunden, auf dem Weg vom Hobby zum Beruf, stellte man mir zwar äußerst gemein und hinterlistig ein Bein, doch: »*Was uns den Weg verlegt, bringt uns voran!*«

Die schlaue Feststellung von Albert Camus aufgreifend, kehrte früher oder später mein alter, wenn auch umstrittener Kampfgeist zurück, zumindest die Mitarbeiter ließen sich anstecken, gemeinsam fechten wir an breiter Front gegen die Tücken des Alltags. Dem erschöpften Krisenrat hilft oft nur die beruhigende Wirkung von Zigaretten, Riesling und Schokolade.

Bereit, Paroli zu bieten, Flagge zu zeigen, recherchiere ich im Internet nach neuen Anbietern und Lieferanten, selektiere die Lage am Markt.

Gesundgeschrumpft, mit Teamgeist und aussichtsreichen Plänen starten wir einigermaßen gelassen ins neue Jahr, können von der Zusammenarbeit durch neue Kooperationen profitieren.

Zum Jahreswechsel, pünktlich um Mitternacht, proste ich mir mit einem Glas Champagner stolz, um vermeidbare Erfahrungen reicher, zu, mein Blick schweift über die Dächer der Stadt, erfreut sich an der nächtlichen Illumination und bunten Feuerwerkskörpern, die den Himmel in einer Vielzahl von Farben taghell beleuchten.

Meine Gedanken sind wie so oft einige hundert Kilometer entfernt, in frostig faszinierender Region, auf verträumter Spurensuche nach dem Helden eines ungeschriebenen Kitschromans.

Mit Gänsehaut reagiert mein um Zärtlichkeiten und Streicheleinheiten betrogener Körper von innen, Väterchen Frost, klirrende Kälte sorgen von außen für den Rest.

Im Geiste begrüße ich mit Bernd das neue Jahr, gestalte tief versunken, weitab von Hektik und Lärm eine gemeinsame, festliche Zeremonie.

Sehe glitzernde Schneeflocken vom Himmel fallen, mit einem weißen Mantel die Erde und vielen Sünden der Menschen bedecken. Perlweiß, lupenrein werden ganz besondere Gefühle wach, höre das Knistern des Kaminfeuers, während ich gemeinsam mit dem geliebten Menschen durch die kleinen Fenster der romantischen Berghütte das Schneegestöber verliebt, entrückt beobachte.

Kurz entscheide ich mich noch für eine andere, feierliche Version, sehe uns nach Candlelight- Dinner, Ring und Kuss tanzend unter fröhlichen Menschen wagemutig ins neue Jahr rutschen, bereit, bis ans Ende aller Tage bedingungslos hinter dem geliebten Partner zu stehen.

Auf dem Wunschzettel ganz oben steht für uns Frieden und Liebe, das höchste Gut, mit materiellen Dingen nicht aufzuwiegen.

Der Rausch der Sinne zaubert zumindest ein Lächeln auf meine Lippen, ist dankbar für die zauberhafte Liaison, mit der sich mein Gehirn besonders gern beschäftigt.

Noch verfügt es über die erforderlich hohe Speicherkapazität und beste Leistungsfähigkeit. Sollte es zu den in meinem Alter beginnenden, allseits befürchteten Ablagerungen an den Gefäßwänden kommen, die zu Verengungen und Durchblutungsstörungen der Hirngefäße führen, hätte dies eine bedauernswerte Unterfunktion meiner Schaltzentrale und den tragischen, nicht zu ersetzenden Verlust meiner lebenserhaltenden, blühenden Fantasien zur Folge.

Ich nehme mir vor, Merkfähigkeit und Konzentration täglich zu üben, auch, um wie seit Kindheit geübt, weiterhin mir selbst eine wertvolle, unersetzbare Freude zu bereiten.

Im überheizten, verqualmten Wohnzimmer zelebriert mein lieber Mann derweil »The same procedure as every year«, wundert sich kopfschüttelnd über meinen langen Aufenthalt an der winterlich frostigen Luft, stellt die obligatorische Frage was wir morgen essen? Findet, dass er im vergangenen Jahr mal wieder viel zu kurz gekommen ist!

DER RUHIGE JAHRESBEGINN LÄSST DANN, teils unter argwöhnischen, ängstlichen Augen, wieder einen Tanz auf meiner zweiten Hochzeit zu, ich widme mich zuversichtlich meiner vernachlässigten, neuen beruflichen Zukunft. Knüpfe alte Verbindungen aus der Ära »Hotelfachschule«, erhalte von neugierigen, innovativen Hoteliers aus dieser leistungsstarken Gemeinschaft die Chance, in ihrem Haus mein Können unter Beweis zu stellen. Lebenslinien, verpasste Möglichkeiten, das eigene Paradies in Gefahr, der Wahrheit auf der Spur! Wichtige Themen reihe ich in mein Balancetraining ein, biete meine Leistungen an freien Tagen oder zum Wochenende, verbunden mit dem Aufenthalt in einem schönen Hotel, hier und in der näheren Umgebung an.

Auch im Internet bin ich mit einer ansprechend gestalteten Homepage zu finden, der Kunde erhält Information zu Gesundheit in Balance, einem gelungenen Seminartag für Sie und Ihn. Mit allen erlaubten Mitteln starte ich täglich ins Rennen, beantworte Fragen per E-Mail, freue mich über jede, spezielle Aufgabe.

Ohne fremde Hilfe, ausgestattet mit Handy, Laptop, Overheadprojektor und Folien, mache ich mich alleine auf den Weg, vermittle den neugierigen Teilnehmern ein Training in vorurteilsfreier, ausgewogener und glücklicher Regie für ihr Leben. Meine Zuhörer spalten sich nicht selten in zwei Lager: Manche erhoffen sich den ultimativen Kick, verwechseln mich mit einer wandelnden Energieabzapfstation. Verweigern die Einsicht in ihre eigene Batteriezustandskontrolle, erwarten aber TÜV-geprüfte Rundumerneuerung. Von unangebracht hohen Erwartungen enttäuscht, selten zu ehrlichem Selbsttest bereit, bin ich dann mitunter kritischen Blicken, vorwurfsvollen Äußerungen ausgesetzt, Eigeninitiative ist nicht immer gefragt, gelingt nicht jedem Zeitgenossen, man fühlt sich reif für die Insel.

Es gilt jedoch, besonders der Herausforderung durch ewige Nörgler und Zweifler standzuhalten, ihnen zu versichern, dass auch sie über genügend Energie verfügen, um einen Gleichklang in allen Lebensbereichen zu erreichen. Fast immer gelingt es mit Ausdauer, den einen oder anderen zu einem mutigen Schritt in die Richtung zu bewegen, sein Leben positiv zu verändern. Sich künftig am Balancemodell zu orientieren, mehr darauf zu achten, Körper, Seele und Geist als eine Einheit zu sehen, weder die Flucht in Krankheiten, Leistung, Fantasie noch Einsamkeit oder Geselligkeit anzutreten scheint nach einem Seminartag durchaus möglich. Die Fähigkeit, den Körper lustvoll zu erleben, eigene Leistung zu optimieren, in emotionaler Qualität soziale Beziehungen aufzunehmen und zu pflegen, intuitive und fantasievolle Ressourcen zu nutzen, sich als Bergwerk voller Edelsteine zu sehen, vorhandene Bodenschätze zu fördern und zu gebrauchen, leuchtet dann auch Skeptikern ein.

Andere erkennen sofort das eigenverantwortliche Handeln, sind dankbar für kleine Investition und große Hilfe, reisen wie verwandelt wieder ab. Sie befinden sich dann in der glücklichen Phase ihres Daseins, erkannt zu haben, dass das »Experiment« Leben am besten in positiver Einstellung zu wagen ist. Hinterlassen den erleichterten Eindruck, den kurzen oder langen Weg zum Ziel zukünftig gelassen zu beschreiten, ausgestattet mit dem Wissen: In Balance beginnt eine neue Zeitrechnung, üben sich im »Salto bzw. dem Sprung ins Glück«. Diese motivierten Mitmenschen sind mir besonders wichtig, nutzen sie doch ausgiebig die Gelegenheit, Körper und Geist in Schwung zu bringen, erarbeiten hartnäckig und engagiert Defizite und Überlastung in ihren vier Lebensbereichen. Begrüßen Entwicklung, lösen sich von alten Gewohnheiten, verbannen ungesunde Faktoren und blicken zuversichtlich nach vorn. Mit Fakten, Tipps, Rat und Analysen präsent zu sein bereitet in diesen Reihen unglaublich viel Spaß. In solchen Momenten bin ich dankbar, eigene Triumphe und Niederlagen, Optimismus und Selbstzweifel als häufige Begleiter meines eigenen Lebens preisgeben zu dürfen. Meine Zuhörer davon überzeugen zu können, selbst zur Tat zu schreiten, den Stein ins Rollen zu bringen, um eine neue Richtung in ihrem Leben auszulösen.

Denn: »*Wer reist, lässt manches hinter sich. Aber es liegen faszinierende Dinge vor ihm.*«

Dank Leitfaden und Konzept, Richtlinien meiner Ausbildung behalte ich, wenn auch manchmal nervös, den Überblick, übe mich im Umgang mit der Anwendung des 5-Stufen-Modells.

Einstiegssituation, Lebensbezüge, Inhalte beim Teilnehmer, Impulse – Veränderungen, Ziele, persönliches Feedbeck markieren wichtige Stunden am Tag.

Fragestellung, belastende Lebensereignisse und Verhaltensmuster kennzeichnen hemmende und fördernde Aspekte. Positive psychische und mentale Einstellung trägt neben körperlicher Fitness entscheidend zu unserer Gesundheit bei, denn diese setzt sich komplex zusammen, umfasst leibliche, seelische, geistige und soziale Anteile. Nur wenn wir diese Anteile harmonisch zusammenfügen bzw. immer wieder für einen Ausgleich sorgen, stimmt die viel zitierte ganzheitliche Gesundheit.

Mit dem Prinzip der Hoffnung – jede Nacht hat schließlich ein helles Ende – und der Erkenntnis, Balance niemals andernorts, sondern ausschließlich in sich selbst zu suchen, verabschiede ich mich von aufgeschlossenen und aktiven Menschen.

Mal mehr, mal weniger gelingt es mir, das Angenehme mit dem Nützlichen zu verbinden.

Gerne lerne ich neue Menschen kennen, erkunde manchen Winkel einer fremden Stadt, fühle mich ausgefüllt im Wechselspiel meiner beruflichen Ambitionen. Ganz allmählich stellen sich kleine erwünschte Erfolge ein, ich bin stolz auf meinen langen Atem, der Alltag hat sich normalisiert. Den Kopf voll ungelöster Fragen hatte ich gestern, heute fühle ich mich als kompetenter Berater und Ansprechpartner meiner Seminarteilnehmer nach einer turbulenten »Erprobungsphase«. Obwohl ich niemandem mehr gestatte, seine Sorgen in meine Hände zu legen, mich vor Missbrauch schütze, wächst langsam das Interesse, von angebotenen Produkten, der angewandten positiven Psychologie und dem Balancemodell zu profitieren. Auch ohne große Schlagzeilen in der Regenbogenpresse oder teure Werbeagentur wird mein kleines Beratungsunternehmen durch »Mund-zu-Mund-Propaganda« stetig erfolgreicher. Nach und nach gelingt es mir, glaubwürdige und realisierbare Vorschläge zu einem Leben in Balance an die Frau bzw. an den Mann zu bringen.

Mitte März kommt endlich eine lang erhoffte Anfrage vom Tegernsee. Dass der gewünschte Seminartermin ausgerechnet auf meinen Geburtstag fällt, stört mich nicht weiter.

Der ansässige Hotel- und Gaststättenverband wünscht ein Training für erfolgreiche, gestresste Nachwuchskräfte, mentale Fitness vor dem Aufstieg in die erste Liga, für Newcomer auf dem Weg in die Oberliga.

Vermutlich verdanke ich die Empfehlung dem stets aktiven und vor Ort lebenden Vereinspräsidenten der ehemaligen Hotelfachschüler. Mein telefonisches Dankeschön erreicht ihn nicht persönlich, ich hinterlasse einen Gruß und liebe Worte für unverhofftes Glück, einen Zustand, den man erst bemerkt, wenn er nicht mehr da ist.

Selig bereite ich mich auf mein ersehntes Debüt am Tegernsee vor, ziehe auch die Möglichkeit in Betracht, den Aufenthalt mit ein paar Tagen Skifahren in Österreich zu verlängern. Nach getaner Arbeit sehe ich mich bereits auf der Piste mit eleganten Schwüngen den Hang herunterwedeln, wohlig die ersten Sonnenstrahlen im Liegestuhl genießen.

Als Tagungsort wird ein Fünf-Sterne-Hotel direkt am See, in schönster Uferlage gelegen, gewünscht. Veranstaltungsraum und Seminarpauschale kläre ich mit der freundlichen Bankettmanagerin des gerade zum Wellnesshotel des Jahres gekürten Hauses ab.

Kapazitäten, Bestuhlungsangaben, Technik und Leinwand

werden nach ausführlichem Angebot besprochen, schriftlich in einem mir zur Unterschrift übersandten Vertrag fixiert.

Gastlichkeit und exklusives Ambiente versprechen Ruhe und Motivation für einen gelungenen Ablauf, auf hohem Niveau. Die gastronomische Palette des Hotels ist mir durch einige wenige Besuche in Orangerie und Brasserie bestens bekannt, kein Zweifel, hier gönnt ein Verband seinen Mitgliedern ein besonderes Ereignis in einer Sphäre, die ihresgleichen sucht, und erwartet am Ende der Veranstaltung ein positives Fazit.

Mit schneebedeckten Bergspitzen vor stahlblauem Himmel empfängt mich am Anreisetag die herrliche Natur, gleich möchte ich etwas Fitness tanken. Während eines kurzen Spaziergangs begegne ich wie üblich der herzlichen, bodenständigen Mentalität hier ansässiger Menschen, begrüßt und erkannt habe ich das Gefühl, ich kehre gerade heim.

Ankommen und sich wohl fühlen! Mit diesen Worten wirbt man im Informationsprospekt zu Recht.

»Um mich ist Heimat« behauptete auch der Schriftsteller Ludwig Thoma, der bis 1921 in seinem Haus auf der Tuften über dem Tegernsee als Lebenskünstler residierte. Er bereicherte den Ort der Geschichte, der bis heute ein glanzvolles Zentrum, kultureller Mittelpunkt, geprägt von Dichtern, Denkern, von Malern, Sängern und Komponisten, geblieben ist.

Obwohl mir fast jedes Eckchen bekannt geworden, gibt es erfreulicherweise stets etwas Neues, verborgene Schönheiten zu entdecken, die einen Besuch verdienen.

Die reizvolle Umgebung auf Schusters Rappen zu erkunden macht mir immer wieder Spaß, ganz zu schweigen von dem Freudenfest für meine Lungen durch das milde Heilklima.

Staunend beobachte ich einige Sportsfreunde beim Drachenfliegen in der Luft, sie passen hervorragend an den »Schauplatz« Tegernsee, so lassen sich dem Ort der – fast – unbegrenzten Möglichkeiten auch abenteuerliche Aspekte abgewinnen, versprechen endlose Freiheit über den Wolken.

Exklusive Geschäfte und Boutiquen laden zu einer ausgedehnten Shoppingtour ein, hier findet man alles, was das Herz begehrt, ohne die übliche Hektik einer lärmenden Großstadt zu erleben. Nichts wird dem Zufall überlassen, schicke, aktuelle Mode präsentiert sich gekonnt neben bayrischer Tradition. Die Gastronomie bietet regionale und internationale Küche, bei dem Gedanken an so manch verspeistes Schmankerl läuft mir das Wasser im Mund zusammen. Diese Region versucht mit allerhand Varianten, ihren Gästen ein Fest für die Sinne und den Gaumen zu bereiten, lockt mit zahlreichen Attraktionen seine Urlauber an. Heimatabend, Kutschenmuseum, Eisstockschießen, Fackelwanderung, ganz nach Belieben wählt man aus einer breiten Angebotspalette.

Auf dem Rückweg zum Hotel fährt der Mannschaftsbus eines namhaften bayerischen Fußball–Club an mir vorbei. Die Bundesligaprofis dürfen seit Jahren in ihrem Trainingslager am Tegernsee, mit vielen Fans im Gefolge, laufen, spielen, schwitzen.

Junge und alte Autogrammjäger haben hier ihre berechtigte Chance, sich die Unterschrift ihres Idols zu sichern, die Spieler zeigen sich, nach anstrengendem Programm in Hochstimmung, gerne von ihrer besten Seite, glücklich die Anweisungen ihres Trainers zur Zufriedenheit absolviert.

Für zwei Nächte, und anlässlich meines Geburtstags leiste ich mir diesmal ein geräumiges, geschmackvoll eingerichtetes Hotelzimmer, unser Ferienhäuschen ist außerdem gerade von einem anderen Familienmitglied belegt.

Zu meinem Arrangement »Wellness – Beauty – Sport« gehört auch die freie Nutzung einer großen Sauna- und Badelandschaft, oder modern ausgedrückt, der Abteilung »Sanus per aquam« kurz »Spa.«

Während ich den Koffer auspacke ringt ein zäher Geist mit der Entscheidung, ob mein bisher treu ergebener, allzeit funktionstüchtiger Körper zu seinem Ehrentag eher eine Massage, ein Molke-Rosenölbad oder ein Peeling verdient hat.

Im hauseigenen, flauschigen Bademantel und vorgefundenen

Pantöffelchen bin ich unterwegs, um Abstand zu finden von der Anspannung des Alltags.

Die Vielfalt der Angebote, zugeschnitten auf die Bedürfnisse von Körper und Seele, verursacht zumindest durch die sorgfältig mit dem Kopf abgestimmte Auswahl der Produkte, vorübergehend enormen Stress.

Schonende Behandlungen, Wärme, Duft und Kneipprondell verwandeln den Aufenthalt zu einem Besuch im Schlaraffenland der Schönheit, versprechen die Zeit stillstehen zu lassen.

Auf Nachfrage bei der Leitung des professionellen, kompetenten Teams – Vorsicht Fettnäpfchen – erfahre ich allerdings, dass ohne zuvor vereinbarten Termin keine Möglichkeit mehr besteht, Nacken, Schulter und Rücken durch sanfte Entspannung, nach der langen Autofahrt, zu belohnen, geschweige denn neue Energien durch kosmetische Pflege fließen werden.

Qi-, Fuß- und Beinmassage, Meeresalgen zur Entgiftung und Entschlackung müssen bis zum nächsten Mal warten, erleichtert begnüge ich mich mit mondäner Poolarchitektur und der klassischen finnischen Sauna.

Die Seminarteilnehmer erleben nun leider meine Schönheit ohne geheimnisvolle Blüte, doch nach ausreichend Schlaf gedeiht sie sicher auch kraftvoll, still und verborgen.

In einem Haus, das Geheimnisse kennt und die Sprache der Blüten versteht, bin ich besonders froh, dank eigenverantwortlicher Gesinnung meine Energien auch ohne fremde Hilfe fließen lassen zu können. Zufrieden nehme ich mir nun Zeit für mich selbst, bereite mich mit persönlichem Wohnerlebnis auf morgen vor.

Nach einigen wichtigen meine Freundinnen über den Ablauf des morgigen Tages informierenden Telefonaten bitte ich den Sandmann um ein Stelldichein unter bescheidenem Dach. Nehme mir vor, in den nächsten 24 Stunden auch Bernd einen Besuch abzustatten, zu meinem Geburtstag wird er sicher Milde walten lassen, mir vielleicht mit Verständnis als eingeweihter Kenner der Lage begegnen. Bei einer guten Flasche Cabernet oder Pinot, beiden Rebsorten wird eine positive Wirkung auf Psyche und Physis nachgesagt, ließen sich tiefgründige Gespräche und weitere Erörterungen zu unserer»unendlichen Geschichte« führen, eine Versöhnung hoffentlich zum zentralen Thema avancieren.

Zufrieden eingekuschelt in mein riesiges Bett, reise ich in eine mystische Welt.

Erkenne dösend:»Glück ist doch kein Ort, sondern ein beschwerlicher Weg! Gelegentlich fehlen leider die Wegweiser durch die unendliche Fülle der Möglichkeiten, man verläuft sich schnell, verliert den Überblick, beginnt ungerecht über sein Schicksal zu klagen, wenn besondere Themen unter den Nägeln brennen.

Seelischen Tiefs, Unsicherheiten und Ängsten natürlich zu begegnen, aufgeben, loslassen, nicht in Besitz nehmen trägt früher oder später zu persönlichem Wohlergehen und Heil bei.

Am Ende einer 51jährigen Odyssee durch ein schönes Leben mit allen Ecken und Kanten, langen Monaten des spannenden und beeindruckenden Unterwegsseins habe ich immer mehr zu mir selbst gefunden:

– der Weg ist das Ziel geworden –!

Das Frühstücksbüfett lässt wie erwartet keine Wünsche offen, essen und trinken sind schließlich eine Genussfrage. Ich stärke mich bewusst mit leichtem Vital-Food:»Obst, Obstsalat und Joghurt«, in der vorgesehenen Kaffeepause werden später noch frisch gebackenes Plundergebäck, Croissants und belegte Brötchen gereicht.

Ich spüre, wie die Nervosität fasst ins Unerträgliche steigt, erfahre an der Rezeption, dass keiner der Seminarteilnehmer im Haus übernachtet hat, aber sie sicher jeden Moment eintreffen werden.

Im Konferenzraum rücke ich Rednerpult und Mikrofon gerade zurecht, studiere die Preisliste für Internetzugang und Touchscreen, als sich laut unterhaltende Menschen durch die Empfangshalle nähern. Aufgestellte Hinweistafeln werden ihnen sicher den Weg zu mir weisen.

In der Hoffnung, vor ausgeschlafenem, aufnahmebereitem Publikum die Inhalte eines Balancetrainings bestens vorbereitet jungen, zukunftsorientierten Menschen vermitteln zu können, atme ich vor dem Sprung ins Wasser nochmals tief durch. Erwäge zuversichtlich, mit der besten Absicht auch über aktuelle Tipps und Trends zum Thema zu berichten.

An der Startrampe stehend, wissend um das vorhandene Kapital meiner eigenen positiven Lebenseinstellung, bin ich bemüht um beste, mit Humor vorgetragene Qualität.

Mit meiner Lebensphilosophie »Leben und leben lassen!« sehe ich auch der ständig wachsenden Konkurrenz gelassen entgegen, jedoch mit dem Anspruch, einen möglichst guten Eindruck zu hinterlassen.

Nachfolgende Aufträge, einem breiteren Publikum »Balance« näher zu bringen, sind erstrebens- wie wünschenswert!

Wenige Minuten vor zehn, der Seminarraum liegt still im Morgenlicht, öffne ich die angelehnten, schweren Holztüren, ohne zu ahnen, dass hier ein Meeting der besonderen Art beginnt.

Die ersten ratschenden Personen gehen, mit ernster Miene blickend, nach kurzer Begrüßung von Angesicht zu Angesicht, unbefangen an mir vorbei und nehmen erwartungsvoll Platz, der kleine Raum beginnt sich zu füllen.

Bis auf einen ist nun jeder Stuhl besetzt, ich weiß nicht recht, ob ich darüber lachen oder weinen soll, bin im wahrsten Sinne des Wortes zunächst sprachlos, außer Gefecht gesetzt, frage mich: Wer hatte diese listige Idee auf Lager?

Auf einige außergewöhnliche, dennoch kaum vergleichbare Ereignisse zurückblickend, sehe ich mich mit einer totalen Überraschung konfrontiert. Meine hoffentlich noch vorhandenen, fünf Millionen Sinneszellen registrieren verwundert die merkwürdige Situation.

Hochgradig schmunzelnd, mit Papier und Kugelschreiber

hantierend, um Konzentration bemüht, erkenne ich ausschließlich bekannte Gesichter vor mir. In der Ruhe liegt nun die Kraft, noch kann ich verwirrt unmöglich Anlauf nehmen, die hier versammelte Elite gebührlich zu begrüßen.

Dennoch wage ich vorsichtige Annäherung: Alle scheinen in friedlicher Absicht gekommen, der Aufnahme des Programms steht nichts mehr im Wege.

Unter den Teilnehmern entdecke ich vier unruhige Geister, die mich jahrelang tapfer bei der Ausübung meiner Jugendsünden unterstützten, mich mit allerhand gemeinsam bestandenen Abenteuern vom »Erwachsenwerden« abhielten. Ihr schallendes, schadenfrohes Gelächter können sie kaum mehr zurückhalten, geben dem inneren Schweinehund aber ungern nach.

Im Lager der Anwesenden entdecke ich außerdem großartige ehemalige Branchenexperten aus der Hotelfachschule, mit denen ich eine glückliche Zeit geteilt, deren Unterstützung ich immer zu schätzen wusste. Sie attestieren loyale Kollegialität und vertrauenswürdige Verschwiegenheit. Während ich weiter wortlos meine Runde drehe, grinsen mir meine Mitarbeiter belustigt entgegen, strahlen mich unverschämt an, bekunden ihr Vorhaben: nun regelmäßig diesem schönen Ort einen Besuch abzustatten, versichern, meine Liebe zum verheißungsvollen Platz im Paradies nach eingehender Besichtigung jetzt erst richtig zu verstehen.

Das versammelte Ensemble besteht endlich auf den Beginn der Veranstaltung.

Mit den ersten Worten passiert, was mir gerade noch fehlte. Ein wegen seiner Verspätung um Entschuldigung bittender, mir nicht ganz unbekannter Mann besetzt den letzten freien Stuhl. Er outet sich als Initiator des Seminars und lässt zynisch verlauten, sein gekränktes »Ego« am Empfang abgegeben zu haben, obwohl er in den zurückliegenden Monaten meinetwegen einen Albtraum erlebt habe und auf glühenden Kohlen durch die Hölle gegangen sei.

Er gibt zu: Es gab Augenblicke, da habe er mich gehasst, lächelnd fährt er fort: Die Achtung für meine gelebte Solidarität mit weniger lebenstüchtigen Mitmenschen veranlasse ihn allerdings, mir ein weiteres Mal zu verzeihen, er verzichte freiwillig auf in langen, einsamen Nächten geschmiedete Rachepläne, sei stolz, in schönen sowie hässlich grauen, unmenschlichen Zeiten sich meiner aufrichtigen Freundschaft versichert zu wissen, und danke für die erteilte Lektion.

Die kleine Ansprache schließt endlich eine lange Zeit nicht verheilen wollende Wunde, der Riss zwischen uns hat sich nicht vertieft, eine kalte Zurückweisung ist nicht mehr zu befürchten, alles scheint sich zum Guten zu wenden!

Misstrauisch suche ich jedoch nach trügerischen Beweisen einer Inszenierung wie »Neues von der Lach- und Schieß-Gesellschaft« inmitten eines aktuellen wie brisanten Kabarettprogramm.

Vielleicht benötigt ein Satiremagazin noch geeigneten Stoff, oder wir befinden uns bei den Proben eines komödiantischen Boulevardstückes am frühen Vormittag im Improvisationstheater. Auch ein Aprilscherz kommt mir passend zum Datum in den Sinn. Wann hat man mich an meinem Geburtstag nicht zum Narren gehalten?

Der zehnköpfige Chor stimmt gemeinsam ein »Happy Birthday« an, nun brechen sämtliche Dämme, öffnen sich die Schleusen! Im Laufe des Konzerts werden denkwürdige Melodien gesungen, die eine oder andere Laudatio wird gehalten, erinnern an Wut und Vergebung, Ablehnung und Sympathie, Enttäuschung und Hoffnung.

Ein viel sagendes Lächeln geht mir unter die Haut, treue Blicke entfesseln neue Kräfte, zum Leben erwachte Gefühle berühren meine Seele.

Moderne Arrangements auf historischen Instrumenten sind das Markenzeichen des musikalischen Rahmens, verleihen dem faszinierenden Klangbild die nötige »Balance«.

Im Laufe der Vorstellung erhebt sich der Verspätete, sich seiner Verantwortung für dieses Szenario durchaus bewusste Gast. Mit einer Kombination aus Komik und Zauberei überreicht er ein in violettes Seidenpapier verpacktes Geschenk und verteilt Küsschen auf die Wange.

Während er mit dunkler, sichtlich bewegter Stimme unvergessene Momente, Höhen und Tiefen, Glück und Sorgen auf eigene Weise interpretiert, verschwimmen vor meinen Augen Erinnerung und Realität. Rien ne va plus – nichts geht mehr!!

Bernd nutzt vor versammelter, Beifall klatschender Gesellschaft meine Schwäche um seine willkommenen Gelüste auszuleben, setzt die pikanten Anregungen der zum endgültigen Happy End auffordernden Zuschauer blitzschnell um, eine alte Geschichte wird neu erzählt:

Zwei Eilzüge weichen vom festen Fahrplan ab, rasen auf offener Strecke in hohem Tempo aufeinander zu, das Fehlen der Notbremse ist ihnen dabei herzlich schnuppe. Sind sich ihrer Schlagzeilen nicht nur heute, sondern auch morgen sicher, gehen übereinstimmend gemeinsam davon aus: Wetten, dass ...? Es wird schon gut gehen ...!

Über Jahre zwischen allen Stühlen sitzend, Zerstörung und Wiedergeburt erlebend, beanspruche ich nun meinen rechtmäßig erarbeiteten, gebührenden Platz in dieser wunderbaren Welt näher am Himmel.

Die Kontrolle aus der Hand zu geben, sich jemand anderem anzuvertrauen, habe ich noch nie gemacht, hier und heute bin ich überzeugt: Es zahlt sich tausendfach aus!!

»Nichts geht mehr« steht nur noch für die Vergangenheit:
»Ein BISSERL was geht immer« – für die Zukunft!

Mehr zum Thema »Balance« erfahren Sie in Vorträgen und Seminaren:
Besuchen Sie uns bei Interesse im Internet unter:

www.en-balance.com
E-Mail: info@en-balance.com